JN263072

最凶の男

ゆりの菜櫻

CHARADE
BUNKO

二見シャレード文庫

目次

最~~強~~凶の男
7

最~~強~~凶のアムール
81

最~~強~~凶の出会い
191

あとがき
269

イラスト――鹿谷サナエ

最凶の男

「北村《きたむら》君！　三番外線、甲斐《かい》さんから！」

弱小スポーツ雑誌社、ジャパンスポーツでは今日も慌《あわただ》しい一日が始まっていた。社員総勢三十人はまず顔を揃《そろ》えることがない。誰《だれ》かがどこかで必ず体を張って取材をしている。小さいスポーツ雑誌社など大手にとったら赤子も同然で、カメラ位置の取り合いをはじめとして、いつも肩身の狭い思いをさせられている。そこを意地で踏ん張って取材をしてくるのだから、根性も人並み以上なければやっていけない。バックが小さい分、社員個人の努力に重きを置くここでは、暇を与えるなどという所業はまず皆無に等しい。だがそんな中で一人だけ例外がいた。

北村智明《ともあき》がデスクでボーッとせざるを得ないのも、ただ今ATPランク（世界ランク）三位のプロテニスプレイヤー、甲斐秀樹《ひでき》の我《わ》が儘《まま》ゆえだった。

彼との二週間前の打ち合わせで、智明の処遇はあっと言う間に決められてしまったのだ。

「ええ？　次の全仏オープン、我が社だけに甲斐さんの密着取材を許可してくださるんですか？」

社長の喜々とした声が応接間に響く。他《ほか》の同席していた社員も一様に顔を見合わせた。現在スポーツ選手で誰が好きかと女性に聞けば、八割強はこのプロテニスプレイヤー、甲斐秀樹の名を挙げる。ATPランク三位という実力と、この誰もが見惚《みと》れる日本人離れした容姿が女性の心を強く摑《つか》んでいるのだ。こんな男の密着取材をジャパンスポーツの雑誌が独占すれば、その月の本の売上は一割、いや二割増しに膨れ上がるかもしれない。しかもマスコミ嫌いの甲斐秀樹の密着という点でもさらにポイントは高い。社長の目も感謝感激で涙目になるというものだ。だが喜び溢《あふ》れる社長を尻目《しりめ》に、この男は冷静な笑みを口許《くちもと》に携えていた。

「ええ、何しろ僕の高校時代からの大親友、北村君が勤めている雑誌社ですからね。僕も親友として彼の力に、ひいては彼を雇ってくださっている御社に、できる範囲で協力したいと思ってるんですよ」

どこかのモデルかと見紛《みまが》うような笑顔で甲斐は申し出た。その姿を見て、この応接室の一番末席に同席していた甲斐の大親友であるはずの智明は人知れず溜息《ためいき》をついた。

この笑顔に人は騙《だま》されるんだ。俺は何度もコイツに騙された人間を見てきた！

甲斐秀樹。世界有数の旧財閥、甲斐グループの三男坊であり、現在、知名度、実力共に話題沸騰のプロテニスプレイヤーだ。ありがちだが会長の夫人は世間に名を馳《は》せる美人妻で、もちろんその夫人を母親に持つ甲斐もかなりの男前だ。顔よし、金あり、テニスプレイヤーとしての名声も加え、一見して非の打ちどころがない。だがたった一つ大きな欠点があった。性格というか、彼の場合、常識が酷《ひど》く歪《ゆが》んでいた。

この男、星の数ほどの女にもてててきたはずなのに、こともあろうか高校時代から北村智明に愛を囁《ささや》いて止《や》まないのだ。しかも言葉だけではなく、実力行使で智明に迫ってくるのだから手に負えない。高校時代のクラブ室での強姦《ごうかん》に始まり、大学時代には監禁事件も起こされ（その時は甲斐の父親の権力により警察沙汰《ざた》にされず事件は揉《も》み消されてしまった）、さらに大学在学中は半ば強引に同居をさせられ、口には出せない恥ずかしいことを両手両足使っても数え切れないくらいされたのだ。公的機関に訴えようかと何度思い悩んだか知れない。だが智明が何かアクションを起こそうとするたびに、甲斐グループの権力にことごとく握り潰《つぶ》されてしまった。最後の手段、逃亡を何度企てても必ず迎えにやってくるというご迷惑な人種なのだ。しかしこんなに被害に遭っているのに、見捨て切れない自分がいることが一番腹立たしい。出来の悪い子ほど可愛《かわい》いとか、あばたもえくぼとか、日本の諺《ことわざ》にはいろいろ弁解の言葉が用意されているが、智明にとってはなんの慰めにもならなかった。自分がなんだかんだと言っても結局はコイツに惚《ほ》れているということが一番我慢できない事実だったのだ。

二年前、甲斐の非常識さに智明の堪忍袋の緒がズバッと切れ、彼のマンションを飛び出してから、智明は彼からの同居の誘いを頑として撥《は》ねつけ続けている。現在は甲斐がテニスの海外遠征などで日本にいないことが多いので、なんとか自分の意見を押し通してはいるが、それもなかなかままならない。だが甲斐と離れて暮らせば、自分の腐るほど悪い趣味も治るかもしれないと、あえていばら（？）の道を進んでいる。まさに食うか食われるかの臨戦態勢だ。

智明が肩を落としていると社長が大いに乗り気で取材の話を進めようとしていた。

「では、取材の打ち合わせを、場所を変えてしましょうか。関口《せきぐち》君、今夜どこか予約しておいてくれないか」

社長にしては精一杯の接待だ。この雑誌社に接待費という文字は皆無に等しいのだから。だがその極貧の経費からの大判振る舞いに甲斐はやんわりと断りの申し出をした。

「いえ、それには及びません。ただ僕からお願いがありまして、遠征中は精神も張り詰めているものですから、やはり取材は気心の知れた北村君にお願いしたいのです。それから僕はあまり時間が取れないものですから、当分、北村君を内勤にしてもらって、僕の時間が空いた時にすぐに会えるように取り計らってもらいたいのですが…」

「ちょっと、待っ…うぐっ！」

抗議をしようとした智明の口を隣にいた社員の大きな手が塞《ふさ》いでくる。言葉を失った智明の代わりに社長が言葉を続けてくださった。

「そんなことおやすいご用ですよ。社内にもたくさん仕事がありますから、彼にはそちらをやってもらって、常に編集部にいるようにしておきましょう」

まさに世が世であるなら人身売買だ。智明が正面に座る甲斐を睨《にら》みつけると、甲斐は余裕の笑みを返してくる。権力なんてこの世で一番嫌いだと、智明は改めて思った。

そんな経緯で智明は意に反して内勤業務に就かされていた。

言われた番号の外線を押して電話に出る。甲斐からの電話だと思うと、声も自然と暗くなる。

「はい」

『そんな受け応《こた》えじゃ、智明の可愛い顔も台無しだ』

受話器の向こうから最低男の声が響いた。

「ご用件はなんでしょうか？」

極力冷たくあしらう。

『なんだよ。旦那《だんな》が電話してきてるのに、そんな態度とるなんて許せないな』

「何が旦那だ。さっさと用件を言わなきゃ切るぞ」

智明は恥かしがり屋なんだから、とかわけのわからないことを相手は呟《つぶや》きながらようやく用件を口にした。

『実は明日からアメリカに遠征に行くんだ。で、どうしても今夜、全仏入りの確認だけでもしておきたい。会社が終わる頃車をそっちに回すから、俺のマンションに来てくれるか？』

「嫌だ」

『なんで』

言葉は明瞭《めいりよう》簡潔に。中学の国語の先生がそんなことを言ったのを思い出す。

「お前のところになんか行かないに決まってるだろ！　話があるならここに来い！　わかったな！」

智明が勢いよく電話を切ろうとした時、受話器越しに年老いた男の悲哀のこもった声が聞こえてきた。

『智明様！　お願いです。秀樹様のお望みを叶《かな》えてあげてください！』

「う…その声は林《はやし》さん？」

『はい。ご無沙汰しております』

林と呼ばれた男は律儀に挨拶《あいさつ》してきた。

この男、甲斐秀樹の身の回りの世話を担当する使用人で、定年退職もせずに老体ながらも甲斐の世話をこなしている、見た目も非常に穏やかな老紳士だ。

『秀樹様が智明様にお会いできなければ、明日、アメリカに行かないとおっしゃるのです。

そんなことになればテニスの先生方やエージェントの方にも大変ご迷惑をかけることになります。ここは何卒《なにとぞ》、穏便にことが運びますよう秀樹様のマンションに来ていただけないでしょうか』

林の切々と訴えるこの物言いに抵抗する術《すべ》をまだ獲得していない智明は、仕方なく頷《うなず》いた。

「じゃ、林さん。俺がそちらにいる間は一緒にいてくださいね。甲斐と俺を絶対二人っきりにしないでくださいよ」

『それはもちろん、責任持って同席させていただきます』

林は涙ながらに感謝の言葉を述べ、電話を甲斐に替わった。

『お前、林なら素直に言うこと聞くんだな。林の奴め、俺の智明に気に入られるなんて、即刻クビだ』

「おい！　待て！　林さんをクビにしたら、一生、お前のところには行かないからな！」

智明に関しては本当に狭量な男だ。林をこんなことでクビにするのは朝飯前だろう。智明の受話器を持つ手が怒りに震えている。だが相手はそんなことも露知らず、笑い声と共に話を続けた。

『使用人にも気を遣うとは、さすがは俺の女房だ。だが旦那にももっと気を遣わないと逃げられ…』

ガチャン！

智明は怒りにまかせて電話をぶち切った。


仕事を定時に終えると、黒塗りのロールスロイスがしっかりと会社に横づけされていた。その車に半ば拉致《らち》されるように連れ込まれ、智明は人生最大の鬼門、甲斐秀樹のマンションに連れて行かれた。

「遅かったな。渋滞していたのか？」

二十畳以上はあるかと思われるリビングで甲斐は待っていた。ダイニングテーブルの上には豪華なディナーがセッティングされている。そのテーブルの横では林がシャンパンを片手に静かに頭を下げた。

「林、警視庁に道路規制をするように言っておいたのだろ？ったく警視庁もアテにならないな。こんな簡単なこともやれないような無能な坂部《さかべ》警部への資金援助は考えさせてもらうと伝えておけ」

「かしこまりました」

何気に裏金の匂《にお》いを感じ取るが、智明はそんなことは無視した。いちいち咎《とが》めていてはキりがないくらい、こいつらは日本の法律を舐《な》め切っているのだ。

俺は善良な一市民だ。コイツらとは絶対縁を切ってやる！

決意も新たに智明は勧められた席に座った。

「智明は脂っこい料理が嫌いだろ？　今日は特別にさっぱりとした料理を作らせたからな」

だから俺を褒めて♡　と言わんばかりに甲斐は笑みを零《こぼ》す。もちろんそんなのは無視だ。

だがそんな態度を目の前の馬鹿男は何を勘違いしてか嬉《うれ》しそうに目を細める。

「智明は照れ屋だから素直にありがとうが言えないんだよな。可愛いなぁ」

女なら誰をも天国直行便に乗せてしまえそうな端整な顔に笑みを浮べる。迂闊《うかつ》にも智明の鼓動も一瞬速くなる。そこへ林がタイミングよく声をかけた。

「本日のシャンパンはボランジュをご用意させていただきました」

高級シャンパンの名に智明の耳もダンボになる。甲斐はそのラベルを一瞥《いちべつ》すると林にボトルを開けるように促した。

「今日は父ご用達のレストランのシェフに作ってもらったんだ。智明が以前美味《おい》しいって言ってたのを思い出してね」

「お前なぁ。そういうのが庶民にとってはプレッシャーになるんだ。俺に金を使うのはやめてくれ」

そんなことをされて喜ぶのは女性くらいのものだ。男である智明にとったらそれは負担でしかない。思わず智明はムスッとして答えた。

「お前、そんな金あるなら貧しい国々にでも寄付してやれ」

「ああ、先日もアフガニスタンに送った。国が正常に起動した折には我が社の製品を国の外務省筋に投入してくださるそうだ」

そういうのは寄付と言うんじゃなくて賄賂《わいろ》って言うんだろ、と突っ込みたくなるが、これも先ほどの理由と同じで胸の内に押し込めておく。

しばらくすると、色鮮やかなオードブルが出てきた。色とりどりの素材が少し緑がかったゼリーに詰められている春らしい一品だ。

目の前の男は気に入らないが料理に罪はない。智明は黙々と食べだした。そんな智明をシャンパンを傾けながら甲斐は見つめてくる。その視線にいたたまれなくなり、智明は口を開いた。

「なんだよ」

「いや、智明の食べ方はセクシーだなって思ってね。その形のいい唇が俺を咥《くわ》えるのかと思うとゾクゾクするね」

「林さん、こんなケダモノの世話をよくしてますよね」

「いえいえ、秀樹様は経営の才も長《た》けておりますし、テニスをさせても世界最高レベル。自慢の若でございます」

椅子《いす》から転げ落ちそうになる。林も長年このケダモノにつき合っているせいか、どこかネジが一本ズレてしまったに違いない。味方は誰もいないと悟った智明は本来の目的を果たすべく本題を口にした。

「それより甲斐、六月に始まる全仏オープンだが、お前はいつからフランス入りするんだ？」

「一週間前には。さらに全仏が終わったらそのまま全英、ウィンブルドンに向けてイギリスに移動する予定だ。そうだな、智明には二ヶ月くらい日本を離れてもらう」

「はぁ〜？」

思わぬ行程に奇声を上げてしまう。甲斐はその様子を楽しそうに眺めるだけだ。

「お前、日本のサラリーマン舐め切ってないかっ⁉　どこに俺が二ヶ月もヨーロッパに行ける理由があるんだっ！　それに先日の話だと全仏だけの密着取材のはずだ！」

「当たり前だ。マスコミ嫌いな俺が二ヶ月近くも耐えられるわけないだろ？　全仏は愛する智明のために我慢して密着取材という馬鹿らしいビジネスにつき合う予定だが、それ以降はプライベートだ。ウィンブルドンが終わったら、ついでにマルタ島で二人だけのバカンスを予定してるから、そのつもりで。いい物件を見つけてね、先日別荘を買ったんだ。智明も絶対気に入ると思うぞ」

あまりの身勝手さに体中が震えてくる。

「ふん。社長が許すはずないさ。うちは少数精鋭なんだ。俺が二ヶ月抜けたら仕事が回らないんだ。俺はお前と違って仕事をしてるんだからな！」

智明が必死で怒っているのに甲斐は涼しい顔で料理を口に運んだ。

「ったく、智明は仕事が好きだな。俺は早く専業主婦になって欲しいんだがな」

「却下」

智明の冷たい一言に甲斐のきりりとした眉《まゆ》が意地悪く跳ね上がる。

「林、ジャパンスポーツの株価は？」

「はっ、本日の終値は八十九円でございます」

林の報告をぼんやりと聞いていた智明は自分の会社の株価はあまり高くないなぁ、とのんびりと考えていた。

「そんな値なら全部買い占めても余裕だな」

え？

甲斐の声に智明の耳がぴくりと動く。

「林、橋本《はしもと》にすぐ電話をして俺名義でジャパンスポーツの株を全部買い占めろと伝えろ」

「かしこまりました」

「ちょ、ちょっと！」

「なんだ？」

智明の制止の声に甲斐の瞳《ひとみ》が輝く。その瞳を見て、智明はまた自分が彼の術中に落ちたことを悟った。

「わかった。株を買い占めるのだけはやめてくれ。出勤扱いにしてもらえるかどうか、社長に願い出てみるよ」

その言葉に甲斐は目を細くした。どうやってもこの暴君には敵《かな》わない。高校時代、コイツに出会ったのが運のツキだったのだ。智明は大きく溜息をついた。目の前に新しい料理が置かれる。

「智明様がお好きなアワビのグリルですよ」

林は気落ちした智明にさり気なく気を遣っているのか、にこやかに接してくる。今夜のメニューも甲斐の言いつけなのか、智明の好きなものがふんだんに使われている。こういうところは大切にされている気がして、智明も甲斐に改めて恋心を抱いてしまうのだが、いかんせん後が悪い。

「お前さあ、なんで俺なんかがいいわけ?」

智明は前から漠然と抱いていた疑問を口にする。甲斐はその質問に愛《いと》しい者を慈しむかのごとくふっと目を細めて答えた。

「顔も声もスタイルも、そのちょっとキツイ性格もすべて好みだから。あと俺の正体を知っていても媚《こび》を売らないところ。それと俺に平気で文句の言えるところかな…」

「なんか、それ褒められてない気がする」

甲斐の瞳にドキドキしていることを悟られないために、ちょっとぶっきらぼうに言ってやる。その言葉にさえ甲斐は嬉しそうに微笑《ほほえ》んだ。

「俺はお前としか普通の恋愛はできない。あとは全部遊びとしか思えなかった」

甲斐にとって普通であるということが、どれほど大変であるか。グループ企業の御曹司であるがゆえに、彼を取り巻くすべてのものが彼を特別な立場に仕立て上げているのだ。普通を求めることは彼にとって酷く難しいことだった。智明の頰《ほお》に熱が集中する。赤い顔を見られたくなく、慌てて食事に気をとられている振りをした。

「そういえば、先日お前のアパートの前を通ったら、また誰かアパートから出て行くのを見たぞ」

甲斐も智明の心情を察したのか、話題を変えてきた。智明は話題が変わったことにホッとしてフォークとナイフをテーブルに置いた。

智明の住むアパートは築四十年は下らない物凄いボロアパートだ。消防法や建築法をなんとかぎりぎりでパスしているといったような代物である。最近とみに老朽化が進み、アパートを出て行く人が後を絶たない。

「あと何人いるんだ？　あそこには」

「俺入れて三人」

そう、入居した二年前は十五部屋埋まっていたアパートは、今や一人暮らしをしているサラリーマンなどを含めて三部屋しか埋まっていない。当時、二年でこうも人が出て行くとは智明も思ってもいなかった。

凄いボロで風呂《ふろ》がないうえにトイレも共同だけど、駅から近いし、家賃も安いのだ。智明にとってこんな魅力的な物件を、よくも他の人間は簡単に捨てていけるものだと思う。みんななんだかんだ言っても智明より金持ちだったのであろうか。

智明はまた溜息をついた。

「そろそろお前もここで一緒に住めばいいだろ？　大学時代は一緒に住んでいたんだから、今さら遠慮もないだろ」

「結構だ」

その同居で俺がどんなに迷惑を被ったか、それで卒論が平気で書けるくらい量はある。

「遠慮はしなくていいんだぞ」

「遠慮じゃないから、気にしないでくれ」

つれなく返事をしてやる。だがそれを甲斐は思わせぶりに呟くことで反撃してきた。

「そうかなぁ。一緒に暮らせばいつでも智明のことを喜ばせてやれるし、夜、いくら犯《や》りたい放題犯ったって、朝、急いでアパートに帰らなくてもいいんだぞ。お前にとったらいいことずくめじゃないか」

「どこがいいことずくめだっ！　迷惑も甚だしい！」

「そんなに恥かしがらなくてもいいのに」

「誰が恥かしがっている！」

精一杯目の前の色男を睨みつけてやる。見れば見るほど男前だ。どうしてこんなにルックスも金も名誉も存分に持っている男がこんなに歪んでいるのか、こんな子供に育てた親にまで怒りが及ぶ。

しばらく智明が甲斐を睨みつけていると、甲斐にもやっと智明の怒りが伝わったのか、小さく息を吐いた。

「林、食事は中断する。中川《なかがわ》シェフにはすまないがそう伝えてくれ」

「かしこまりました」

林が仰々しく頭を下げ、とてもマンションの一室とは思えないくらい離れたキッチンへと歩いていく。この部屋はマンションの最上階をワンフロアーごと買い占め、壁をぶち抜いているので、距離感が普通のマンションの部屋とはまったく違うのだ。

智明は去っていく林の背中を見ながら、目の前に座っている男が食事を中断させる理由に首を捻《ひね》った。突然フォークを持つ手が乱暴に掴まれる。あまりのことでついフォークを床に落としてしまった。甲斐の無作法に文句を言おうと顔を上げたが、そのまま噛《か》みつくようなキスをされる。

「か、いっ…!」

「そんな色っぽい目で誘ったお前が悪いんだぞ」

いつ誘ったんだ!

と、口に出したくてもその唇が最低男の口に塞がれて主人の思い通りになってくれない。

「食事はセックスの後だ。後からご褒美にたんまり食わせてやるからな」

「何を、だ! 何を食わせるんだっ!」

この下品、野蛮、自己中心男はまた自分の世界に浸り切り、智明の意見など空の彼方に放り出しているに違いない。智明は最後の手段に出た。

「林さんっ! 林さんっ!」

寝室に引っ張り込まれる前から鬼畜男に脱がされ始めている智明の服は、すでにあとボタン一つの運命となっている。もうこうなったら、ここに来る前に林と約束した「智明と甲斐を二人っきりにしない」という口約を実行してもらわねばならない。智明は必死で最後の味方、林を呼び寄せた。案の定、林は急ぎ足でキッチンから戻ってきた。

「智明様、なんでございましょう」

目の前の智明が上半身から衣類が剥ぎ取られていても、ズボンがすでに床に落とされていても、林は一向に取り乱すことなくいつもの通り穏やかな笑みを浮かべて智明の呼びかけに応えた。すでにこのどうにもならない男、甲斐は智明の首筋に顔を埋めて己の欲望に走りだしている。

「助けてくれよ！　一緒にいてくれるって約束しただろ？」

「はっ、申し訳ございません」

林は智明の言葉に素直に謝った。その言葉にいち早く反応したのは床に智明を押し倒し、準備万端の甲斐であった。

「林、智明とそんな約束をしていたのか」

林は無言で頭を下げる。その態度に甲斐はふーん、と長い相槌《あいづち》を打った。

「しかし、智明もプレイに走るようになったんだな…。人に見られて犯られる方がやっぱり燃えるか？」

嬉しさを満面に表して甲斐はとんでもないことを口にした。

「林さんっ！　この馬鹿を早く退《ど》けてっ！」

「智明様、私はご一緒にいるお約束はいたしましたが、秀樹様をお止めするお約束はいたしておりません」

「なんだってっ！」

智明の目の前がブラックアウトしていく。この男にしてこの世話係ありだ。だが気落ちしている暇はなかった。すぐに甲斐の柔らかい舌先が智明の胸の突起を捕らえる。思わず息が詰まり、甘い声を出してしまう。

「林、今夜は智明が願ったことだ。同席を許可する。お前も存分智明の色気を味わうがいい」

恐ろしいことを告げる甲斐の息が敏感な場所に当たり、それだけでも下半身が切ない疼《うず》きを訴えてくる。智明は涙目になりながらも声を張り上げた。

「嫌だぁっ！」

あられもない姿を林に晒《さら》していることだけでも屈辱であるのに、これ以上をこの林に見られたら、これからの人生を生き抜いて行く自信がない。

「どうしてだ？　お前が林と一緒にいることを望んだんだろ？」

「甲斐ぃ」

語尾が甘く震える。

「なんだ？」

甲斐が嬉しそうに智明の顔を覗《のぞ》き込んでくる。手はすでに智明自身を揉みしだいていた。

イジメモード、バリバリ全開だ。

「苛《いじ》めるなぁ…」

智明の消え入りそうな声に甲斐はクスリと笑うと、そのまま智明を抱きかかえた。

「林、悪いがお前は次回でいいか？　智明は俺と二人だけがいいらしい」

「私は結構でございます。次回もご遠慮させていただきますので」

林は深々と頭を下げると、そのまま部屋から出て行った。

「三人なら三人で盛り上がるかもしれないが、俺はお前を他人に触らせたくないからな」

甲斐がニヤリと智明に笑いかけた。

「お前が俺に退屈しないように、今夜はしっかりと可愛がってやるよ」

智明は己の不運を呪《のろ》うしかなかった。


今朝《けさ》の太陽は黄色であった。いや、日差しがすべて有害な物質になって智明に突き刺さってくるという感じだ。

智明は今朝までしつこく甲斐に攻められ、ベッドからほうほうの体《てい》で逃げ出してきたのだ。甲斐もアメリカに向けて出発しなければならないこともあって、智明はなんとか逃げ出せただけだ。彼がもし今日オフであったら…考えるだけでも恐ろしいことになっていたに違いない。この幸運を神に感謝しながら何度も突き上げられた腰をさり気なく擦《さす》る。

「ん？　どうしたんだね。北村君。調子が悪そうだが…」

「いえ、昨日ちょっと寝不足で…」

突然社長が声をかけてきた。智明は取りあえず笑って誤魔化《ごまか》す。

「そういえば昨夜《ゆうべ》、甲斐さんと打ち合わせだったよね。どうだった？」

思わず気持ちよかったです、と脳裏に言葉が過《よ》ぎったが、口から出そうになるのを理性で押しとどめる。あの男、何もかも最低なのに顔と地位とセックスだけは凄いのだ。こんなに嫌ってる智明さえも骨抜きにされてしまうくらいなのだから相当タチが悪い。

「あ…はい。その…取材の件なんですが、甲斐からウィンブルドンにも誘われていて…その…二ヶ月くらいヨーロッパに常駐するなんてことは無理ですよ…ね？」

「ついでに遊んでくるつもりだろ」

ずばり社長から指摘される。智明の息が詰まる。

遊びの企画を立てているのは俺じゃなくて甲斐です！　俺は被害者です！

そう言いたいのは山々だがここで智明が引き下がって甲斐が首を突っ込んできたら話がややこしくなる。仕方なく涙を飲んで己を犯人に仕立て上げる。

「はあ…。というか全仏、全英の二大グランドスラムをきっちり取材できるチャンスなんて滅多にないかと思いまして…」

智明の言い分に社長はふんと鼻を鳴らして目を細めた。

「ま、いい。君の全仏の密着取材で我が雑誌の売上が三割増えたら、そのままヨーロッパに残留することを認めてやろう」

さ、三割！

途方もない数字に感覚がついていけない。

「オマケで一週間の有給も取らせてやるぞ」

あり得ないと思っている社長は意地悪な笑みを浮かべてデスクを去って行った。だができない話ではない。きっと。甲斐にこの話をすれば奴は簡単にこのノルマをクリアさせるに違いない。智明はこめかみを片手で押さえた。

「北村さん！　外線一番、電話です！」

かけられた声に智明は振り返った。

気持ちを切り替えて電話に出る。

「はい、お電話替わりました」

『昨日ハ何処《どこ》ニ行ッテキタノ？』

一瞬、その不気味さに心臓が止まりそうになった。

明らかにボイスチェンジャーか何かを使った機械的な声だ。

「どなたですか？」

『君ノ恋人ダヨ…』

背筋に寒気が走る。甲斐に対するそれとは全然種類の違う悪寒だ。

『昨夜、ズット待ッテタノニ、君ハアパートニ帰ッテコナカッタネ。僕ガドンナニ心配シタカ…。恋人ニコンナニ心配サセル悪イ子ハオ仕置キガ必要ダネ。クックッ…』

「失礼ですが、私とどなたかをお間違いではないですか？」

厄介事は甲斐だけで十分だ。変態はさっさと目的の人物へ電話し直せ！

『北村智明君ダロ？　僕ガ自分ノ恋人ヲ間違エルワケナイジャナイカ』

「――」

息が止まるかと思った。智明は衝動的にその電話を切った。すぐにまた電話が鳴る。

「北村さん！　電話です。先ほどの方みたいですけど…」

智明は電話を取った女性の方を見る。彼女の表情はいたって普通だ。ということは、初めは普通に電話してきて、智明に替わったと同時に声を変えてくるのであろうか。

「すみません。ちょっと急ぎの用事があるので後から電話すると伝えておいてください」

心情とは裏腹に冷静に女性に指示をした。女性は承諾の返事をすると、かかってきた電話に応対した。智明の胸が、心臓が痛いほど脈打つ。わずかに汗ばんでいた掌《てのひら》を見つめ、大きく息を吐いた。

一体、なんなんだ？

たった今起こった出来事なのにすでにその記憶は霞がかっている。智明は頭を軽く振ると気を取り直して仕事に打ち込んだ。

オンボロアパートに帰ると、また引越し屋のトラックがアパートの前で止まっていた。三人のうちの一人がまた出て行くということだ。智明はトラックの横を通ってアパートに入った。廊下でバタバタと荷を運ぶ元住人と出会う。

「氷室《ひむろ》さん。今日、引越しなんですか？」

「あ、北村さん。今までどうもお世話になりました。やっと仕事も一段落しまして、引越しをする余裕ができましてね」

氷室は智明と歳《とし》が近いこともあって、結構親しくしていた住民だ。その氷室がなんの相談もなく引越すことに少々驚きを隠せない。

「はあ…何か、最近急にみなさん引越されてしまって、俺の方が落ち着かない気分ですよ。氷室さんもなんて、寂しいな」

智明の言葉に氷室は明るく笑った。

「またうちにも遊びにきてください。あ、ここ今度の新しい住所です」

智明の手に紙をよこす。見慣れた住所に、二つ隣の駅の近くに引越すのだとわかった。

「近いんですね」

「ええ、だから通勤もそんなに変わらないのでスムーズに引越しできますよ」

アパートの外からトラックのクラクションが鳴る。

「あ、すみません。もう荷物の積み込みが完了したみたいですね。業者より早く新しいアパートに行ってないといけないので、これで失礼します。また改めて挨拶に来ます」

そう言って氷室は慌しく木造アパートの抜けそうな階段を駆け下りていった。あと、このアパートに残っている住人は智明を含めて二人である。

大家さんから立ち退《の》いてくれという話もないし……このままここにいていいんだよな……？

少々不安に思いながらも智明は自室のドアの鍵《かぎ》を開けた。カサリと音がした。玄関に白い封筒が落ちていた。おそらくは新聞受けに入れられたものであろう。智明は何気なくその手紙を拾った。宛先も送り主も何も書かれていない真っ白な封筒だ。

一瞬何かに思い当たり、封筒を持つ指先が震えた。だが智明は急いでポケットからハンカチを取り出すとその封筒をハンカチで摑み直した。そのまま電話のところに置いてあるハサミで封を切る。

案の定であった。

白い薄いどこにでもある便箋《びんせん》が一枚入っている。そこにはワープロで一行、字が打ち込まれていた。

『今夜モ君ハ出カケルノカイ？』

勢い余って便箋を破り捨てる。頭の中ではこれは重要な証拠物件になるのだから、残しておかなければならないものだと理解していても、体がその物証を拒否し、再生不可能なくらい細かくちぎり捨てる。大して動いてもいないのに智明の息は荒くなっていて、最後には息切れがした。

「甲斐…」

日本にいない、大嫌いだけど大嫌いになれない彼のことが思い浮かぶ。どうして今、こんな時に自分の側《そば》にいてくれないのか責めたくなる。会えばセックスの話しかしてこない奴だがそれでも多分、いや、一番好きな男なのである。こんな時に甲斐の顔が見えないのが心細い。

「俺の趣味、なんでこんなに悪いんだろ」

智明は自嘲《じちょう》気味に呟くと鍵をかけ、さらに動かせるものはすべてドアの前に移動させた。これでドアを簡単に開けることは不可能だ。

自分の身ぐらい自分で守らなきゃ。

智明は取りあえず食事の用意をしだした。

食事を片づけ、テレビを観《み》ていると電話が鳴る。その音に体が過剰反応を示したが、智明は勇気を振り絞って電話を取った。

『もしもし』

受話器の向こうからは聞き慣れた彼の声が響いた。

「甲斐…」

『うん？　なんか元気ないな。どうした？』

心地《ここち》好《よ》い低さの声が心配そうに囁きかける。智明はそれだけでも涙が出そうなくらい安心した。

『おいおい。本当に元気ないぞ？　俺、明後日《あさって》から試合が始まるのに気になって集中できないじゃないか』

「ああ、ごめん、ごめん。テレビに気を取られていた」

『お前！　テレビと夫とどっちが大切だ！』

「テレビ」

智明の即答に悶《もだ》える甲斐の声を聞きながら智明は緊張していた自分の心が少しずつリラックスしていくのを感じていた。

大事な試合を控えている甲斐に余計な心配をかけさせてはだめだ。ストーカーの件は黙っておこう。

智明はふっと目を閉じてその思いを胸にしまった。

『ったく、俺は一日だって智明の声を聞かないとすまないっていうのに、お前はケロッとしやがって、愛が足りないぞ』

「愛なんか最初からない」

『あ～！　そんなこと言って。俺がこの遠征で大敗したらお前のせいだからなっ！』

「こんなことで大敗するならお前の精神力が大したことないってことだよ」

相変わらずの智明の憎まれ口に甲斐は悪口雑言の限りをつくす。普段なら速攻電話を切ってやるところだが、今日はその電話が切れない。面と向かって話をするといつも智明が負けるのだが、電話だと一方的に切ってやれるのでいつも智明の勝ち逃げなのだ。だが今夜は甲斐の声がいつも以上に心地好かった。

『智明、何かあったら林に言ってくれ。俺は今アメリカだから何もしてやれないが、林なら顎《あご》でこき使ってくれていいからな』

「ま、今のところ、問題はないからいいよ」

甲斐はそれならいいが、と言いながら名残《なごり》惜しそうに電話を切った。智明は珍しく受話器を手から離すことができず、そこから聞こえる不通音を耳にしていた。

ここ二、三日は何もなく過ごしていた。それこそあんな事件があったことさえ忘れそうになるくらい平穏な日々だ。

　智明はデスク一杯に原稿を広げ校正をしていた。弱小雑誌社ゆえ、校正も業者に頼むことができずに社員で回している。それが現在は内勤業務と指定されている智明の仕事と確定されつつあった。

「がーっ！　気が狂う！」

　唐突に智明は頭を抱え天井を仰いだ。

「なんでこんなに日本語は細かいんだ！　『が』でも『て』でも『は』でもなんでもいいじゃないかっ！」

　一人叫ぶ智明の目の前にコーヒーが置かれる。

「はい。日本語は綺麗《きれい》な言葉よ。記事も大切だけど、その綺麗な言葉を間違えることなく読者に伝えていくことも編集者としての使命よ」

　先輩編集者井村《いむら》がにっこりと笑った。

「井村さん、今度のルイ・ヴィトンカップ、アメリカが勝ちそうですか？」

　今、井村はヨットレースの最高峰アメリカズカップの出場権がかかるルイ・ヴィトンカップの記事に追われている。前年のアメリカズカップの優勝国に挑める権利をこのルイ・ヴィトンカップの優勝国が獲得できるのだ。そしてこれが決まれば世界一有名な一対一の過酷なヨットレース、アメリカズカップが開催される。

「アメリカチームも必死よ。何しろ自国が発祥でもある名誉あるレース、アメリカズカップを何度もニュージーランドに持っていかれてるんですもの。名誉挽回に打って出てくるわ。まだまだ一波乱、二波乱ありそうね」

それより、と井村が続けてＦＡＸを智明の目の前にちらつかせた。

「甲斐さんの途中経過知りたくない？」

「え？」

甲斐が今遠征に行っている試合はアメリカのボストン郊外で行われているチャンピオンシップだ。日本はさほどテニス熱の高い国ではないので、グランドスラムと呼ばれる世界四大大会以外の大会はまず情報が入りにくい。

「アメリカの知り合いに頼んで、現在の結果を教えてもらったの。見る？」

そう言って見せてもらったＦＡＸは昨日行われた甲斐の試合の結果だった。

「ストレート勝ち。さすが甲斐さんね。日本が誇るトッププレイヤー。この分だと優勝も夢じゃないわよ」

「結果だけじゃなく、試合も見たかったたな」

「あら、甲斐グループくらいのところだったら、いくらでもコネがありそうだから、全試合録画してあるんじゃない？　彼が帰ってきたら見せてもらえば？」

いつも見せてもらっているとは言えず、智明はそうですね、と相槌を打って笑って誤魔化した。

「北村さん！　一階の管理室からお電話です」

「はい、北村です」

『あ、北村さん？　ちょっと気になる荷物が届いているんですが…』

「気になる荷物？」

『ええ、北村さん宛に北村さんから荷物が届いているんですよ』

「すぐに行きます」

「どうしたの？　北村君」

井村が席を立つ智明に慌てて声をかけた。

「いえ、ちょっと荷物が届いてるようなので見てきます」

智明は井村が何かを言うのも聞かずに事務所を飛び出した。


「ああ、北村さん、これですよ」

気のよさそうなビルの管理人の男性が小さめのダンボール箱を指差す。智明は指し示された箱に近づいた。宅配便の業者の送り状にはワープロで智明の名前と住所が打ち込まれ、送り先にはこの会社の住所が打ち込まれていた。

「北村さん、あまり近づかない方がいいかもしれませんよ。出版社はとんだ勘違いで恨まれることも多いですから」

「そうよ。北村君、ちょっと離れて」

背後から突然井村の声がする。どうやらそのまま智明の後を追ってついてきたようだった。片手には何か物騒な棒状の機械を握っていた。

「ニューヨークのテロ事件の時、社長に直談判《じかだんぱん》して金属探知機を買っておいてもらったの。これでチェックしましょ」

さすがは恐ろしい、いやベテランの井村女史だ。逞《たくま》しい。

「あ、俺がやります」

「当たり前でしょ。結婚前の女性に何かあったらタダじゃすまないんだからね」

改めて彼女の逞しさに脱帽した。

智明は井村から金属探知機を受け取るとスイッチを入れ、そのダンボールの周りをチェックした。

「あら？　何も反応しないのね。つまらないわね〜」

「つまらないじゃなくて、よかったと言うべきでしょう。井村さん」

井村はコロコロ笑って言葉を訂正した。

「取りあえず、この荷物ここで開けちゃいましょう。北村君もこの荷物に心当たりないんでしょ？　なおさら事務所には持って行けないからね」

智明も井村の言葉に頷き、思い切ってダンボールの箱を開けた。中には溢れるほどの紙製の緩衝材が詰め込まれていた。そしてその中に…。

「あら、やだ。悪質ね」

井村にこの言葉を吐かせたのは頭も胴も手も何もかもブツブツに切り離された一体の人形だった。

「根暗だわね。こんな人形を送ってくるなんて。私の知り合いだったら根性叩《たた》き直してやりたいわ」

怒る井村の傍らで智明はあの時と同じ白い便箋を箱の底から見つけた。

『浮気シタネ。今度シタラ、コノ人形ミタイニ君ノ相手ヲギタギタニ切リ刻ンデヤルヨ』

智明は無言のままその手紙を破り捨てようとした。だがそれは井村の手によって止められた。

「だめよ。それは裁判の時に有利になる証拠なんだから、破ってはだめ！」

「わかってますけど！」

「私が預かってあげるから貸して」

井村は智明の手からその手紙を取り上げ、目を通す。

「何？　これ。甲斐さんの悪戯《いたずら》じゃないことは確かね。浮気したらって、北村君、甲斐さんの他に誰かとつき合ってたの？」

力が抜けたところに、井村のとぼけたような、それでいて核心を突いた質問が飛ぶ。

「な、なんで俺が甲斐とつき合ってるんですかっ！」

「今さら隠さなくてもいいわ。甲斐さんと北村君の態度見てたらすぐわかるわよ。でもこれ厄介ね。甲斐さんがいない時を狙《ねら》って来るなんて、相手はよほどこっちの事情に詳しいみたいね」

何気に恐ろしいことを言われた気がしたが、すぐに本題に戻ったので智明はあえてそれを口にするのをやめた。自分から墓穴を掘ることはない。

「本当にここ最近なんですよ。俺、人に恨まれることとした覚えないし…」

「あら、これって勝手に相手のこと好きになって押しかけてくるストーカーでしょ？　北村君が悪いも何も関係ないわよ」

ありのまま言われては立つ瀬がない。智明はがっくりと肩を落とした。

「北村君ってやっぱり可愛いから男に追いかけられちゃうのよね。…なんか今気づいたけど、これって私にとっては不愉快な話よね。女の私は誰にも目をとめられてないってこと？」

「いえ、井村さんは大変魅力的な女性です！」

「旦那持ちの男にそう言われたって嬉しかないわよ」

「旦那持ちって…」

あまりの言葉に智明は再起不能に陥る。そんな智明にはお構いなしに井村は言葉を続ける。

「とにかく甲斐さんに連絡しないといけないわね。何かあってからでは遅いから…」

「あ…やめてください！　甲斐は今試合で大変だから俺のことで煩わせたくないんです。だから甲斐には黙っててください」

こんな時でも甲斐のことを一番に想《おも》う自分に智明自身驚く。それは言われた井村も同様だった。

「北村君って普段甲斐さんを冷たくあしらっていても、やっぱり大切にしているのね」

智明はその言葉に素直に頷くほど、もう純情ではなかったが、視線を逸《そ》らしてしまうくらいには純情だった。


今日もなんとか無事にアパートに帰り着いた。あれから井村も気を遣ってくれ、このストーカー事件を文句を言いながらも公にせずにいてくれていた。智明もできるだけ単独行動を避け、人通りの多いうちに家に帰るようにしていた。

アパートのドアの前に立つとドッと疲れが込み上げてくる。智明は背筋をピシッと伸ばすと目の前のドアの鍵を開けた。途端に向かい側から風が吹いてきた。

窓が開いてる？

いきなりの風で目を瞑《つぶ》ってしまった智明は目を開けて部屋を見渡した。

――！

部屋の窓が開け放たれていた。その中を真っ赤な薔薇《ばら》の花びらが風に舞い散っていた。

「うっ…」

智明は途端に嘔吐《おうと》感をもよおし、流しに駆け込む。吐くだけ吐くと、そのままそこでしゃがみ込んでしまった。

「なんだよ…」

智明は小さく呟いた。

「一体、なんなんだよ」

涙が一筋零れた。

遠くで電話が鳴っている。それが自分の部屋の電話であることを認識するまで、随分時間がかかった。そのまま留守録に繋《つな》がるのを待つ。

『智明？　まだ帰っていないのか？』

甲斐だった。甲斐の声が真っ暗な部屋に響いた。智明は弾《はじ》かれたようにその電話に飛びついた。

「甲斐！　甲斐！」

受話器に向かって叫ぶ。その異常な雰囲気に甲斐の声が低くなった。

『どうした？　智明、何かあったのか？』

「あ…」

甲斐の言葉に言葉が詰まる。

「いや、ちょっと怖い映画を観てたから、びっくりして…」

我ながら苦しい言い訳をしてみたが、いつもなら反論する甲斐もなぜか素直に納得してくれた。智明は甲斐の声を聞いて、少しだけ気持ちが落ち着いてくる。やっと立ち上がることができ、部屋のカーテンを閉めて電気を点《つ》けた。薔薇の花びらが畳一面に敷き詰められたままになっていた。その事実に目を逸らす。

「甲斐、試合どうだった？」

『いきなり嫌な話題だな。決勝で負けたよ。しかも世界ランク六位の奴に。これで俺のランクも一つ下がるかもしれない。くっそ、全仏で挽回してやるから見てろよ』

「楽しみにしてるよ。なあ、お前いつ日本に帰ってくる？」

『明日の夜の飛行機で帰る予定だから、成田には明後日の午後には着く』

甲斐のその答えに智明は安堵《あんど》した。今夜と明日を乗り切れば甲斐が来てくれる。

「何か食べたいものあるか？」

『どうしたんだ？　やけに優しいな』

「そんなこと言うなら、別にいいぞ」

『嘘《うそ》です。智明様。そうだなぁ、智明の手料理食べたい』

「カレーしか作れないぞ」

『カレーでいい。智明の作るカレーが一番好きなんだ』

愛の告白でもないのに智明の胸が甘くときめく。いつだって甲斐には迷惑をかけられ、何度も縁を切ろうとしたことだってあるのに、いつも彼はさり気なく智明を惹《ひ》きつけて止まないのだ。これがまた確信犯でないところが悔しい。

「物好き」

智明はそう呟くと、まだ話し足りなそうな甲斐を押し切って電話を切った。再び視界に花びらが映る。

「片づけるか…」

智明は先ほどは見るだけでも吐き気がした花びらを箒《ほうき》と塵取《ちりと》りで集めだした。もう吐き気はしなかった。甲斐がもうすぐ帰ってくるということで、すべてのものに対して強くなれる自分がいた。


翌日が燃えるゴミの日だったお陰で、智明は目障りな薔薇の花びらの山をさっそくゴミ捨て場に捨てに行った。そこで智明以外の最後のアパートの住居人である田畑《たばた》と出会った。

「おはようございます」

田畑は小さな声で挨拶をすると、智明が手にしているゴミを見て目を見開いた。無理もない。真っ赤な塊がゴミ袋一杯に詰め込まれているのだから、誰だとてギョッとするであろう。智明は慌てて話題を振った。

「おはようございます」

「そういえば氷室さん、先日引越しちゃいましたね。もう俺と田畑さんしかこのアパートにいなくなっちゃったんですよ。寂しいですよね」

田畑は小さく相槌を打つと、さっさと出かけて行ってしまった。田畑とは以前からもあまり話す機会がなかったが、よく見るとどうやら智明と同世代らしいことがわかった。

「最後の生き残り同士なんだから、もうちょっと愛想よくしてくれてもいいのになぁ」

智明は田畑の背中を見ながら呟き、そして田畑が向かった方向と反対方向にある駅へと駆けて行った。


ジャパンスポーツが入っているビルの地下にはいくつもの食堂が入っている。普通の時間帯に昼休みが取れない智明らは昼の大混雑にはありがたいことに縁がない。智明と井村は今日も二時近くになって悠々と人気のパスタ屋に入った。ここは昼休みの時間帯に来ると三十分は並ぶという人気店だ。

「私、明太子《めんたいこ》スパゲティでアイスコーヒー」

「俺はカルボナーラでホット」

二人とも本日のランチA、Bのメニューを頼み終わるとどちらともなく溜息をついた。

「しかし、相手もやるわね～。薔薇の花びらなんて値段が張ることを…感心するわ」

「感心しないでください。井村さん」

昨夜の出来事を今朝報告した途端、今日のランチ会がセッティングされた。

「そろそろ警察に届けた方がよくない？」

「今朝、会社に来る前に電話で警察に事情を説明してきました。巡回を頻繁にしてくれるそうです。ストーカーの姿がはっきりしないと警察も動きにくいと言われました」

手元に置かれたコップの水を飲むこともなく手で転がす。

「そういうのは甲斐グループに動いてもらった方が警察も動くんじゃない？　甲斐さん明日帰ってくるんでしょ？」

「夕方までには家に着くそう…」

と言った途端、智明はしまったと思って口を噤《つぐ》んだが、時、すでに遅しだ。今の答えに井村は満足そうに微笑みながら呟いた。

「やっぱり、あなたたちって密に連絡取り合ってるんだ。あの俺様の甲斐さんがそんなにマメだなんて知らなかったなぁ」

「人をからかうのはやめてください」

「やーだ。だって北村君を苛めるの楽しいんだもん」

正直すぎる回答に智明は反論する余地もなく沈没した。ほどなくして茹《ゆ》でたてのスパゲティがやってくる。井村は明太子スパゲティを嬉しそうに眺めた。

「うーん。やっぱり明太子が一番よね。外国行くとさぁ、この明太子スパゲティなんてどこにもないのよ。こんなに美味しいのに」

としゃべりながらもフォークに麺《めん》を絡ませ、すぐさま頬張る。

「で、今夜どうするの？」

「今夜だけ、ビジネスホテルに泊まろうかと思ってます」

「そうね。その方が無難よね。何か困ることがあったらいつでも言ってね」

智明は井村の言葉に感謝を述べ、手元のスパゲティに手をつけた。


携帯の電子音が鳴る。

風呂からちょうど上がった智明は濡《ぬ》れた髪を拭《ふ》きながらテーブルの上に放り出してあった携帯の画面を見た。

公衆電話だ。

嫌な予感がした。だが取材スタッフが急に公衆電話でかけてくることもしょっちゅうなので、智明は仕方なく携帯を取った。

「はい。もしもし」

受話器からは何も聞こえない。それだけでも智明にかなりの恐怖を与える。思わず耳から引き離して電源を切ろうとしたその時、機械的に作られた男の声が聞こえた。

『ドコニイルンダ？』

まさしく会社にかかってきたあの声だった。智明の喉《のど》が小さく鳴る。

『今朝、私ガプレゼントシタ薔薇ヲ捨テタネ。イケナイ子ダ。私ハ君ヲ調教シナクテハイケナイ』

携帯を持つ手が情けないくらい震える。

『イイ子デ待ッテナサイ。スグニ君ヲ見ツケニ行クヨ』

ツー・ツー・ツー。

電話はそこで切れた。

空は綺麗に澄み渡っていた。今日は土曜日ということもあって、多くの人で街は賑《にぎ》わっていた。智明はチェックアウトぎりぎりまでホテルで過ごし、人通りの多いカフェでランチを取った。そこで隠れるように身を小さくして時間を過ごした。

昨夜の電話はかなりのショックだった。そのショックがまだ抜けない。人混みの中にもいたくないし、人通りの少ない道にも行けない。智明は井村に連絡を取ろうかと迷ったがやめた。時計を見るともうすぐ二時だったのだ。そろそろスーパーに買い物に行って、アパートに戻ってカレーを作らないと、甲斐が帰ってくる時間に間に合わない。衝動的に井村を呼び出しても彼女に会っている時間がなかった。智明は重い腰を上げ、家路についた。

帰り道でカレーの材料を買い込み、智明はアパートに戻った。人が来た形跡はなかった。その事実にホッとしてドアを開ける。そのまま材料を冷蔵庫に入れつつ準備に取りかかった。野菜をどんどん刻む。ブイヨンを入れたスープはいい香りをたてて煮立っている。切った材料を炒《いた》め、弱火で煮込む。あとはルーを入れれば出来上がりだ。それを作りながら買ってきたじゃがいもでポテトサラダも作ろうとしていると、ドアが軽くノックされた。その音に智明の体は異常に反応した。

またノックされる。今度はさっきより強めだ。

「どちら様ですか」

「あ…田畑です。明日引越しをするものですから挨拶に…」

聞き覚えのある声に人知れず安堵する。智明はコンロの火を止め、そのまま玄関に出た。

「こんにちは、田畑さん。田畑さんもとうとう引越されるんですか?」

「ええ」

バタン!

勢いよく田畑は後ろ手でドアを閉めた。その激しい音に智明は目を見開いた。

「智明…昨夜はどこに行ってたんだ？」

「え…？」

頭から徐々に体が冷たくなっていくのがわかった。一体、これは…。

「逃げても無駄だよ。智明は私のものなんだからね」

ダン！

智明は目の前の男を思いっ切り押し退けた。勢いで男の頭がドアに激突し、大きな音を立てる。だが智明はそんなことを気にする暇もなく、逃げ場のない部屋に走り込んだ。が、すぐに壁に行き当たる。そのまま後ろを振り返る。すぐ目の前に男の姿をとらえることができた。

「田畑さんっ！　あなたはっ！」

「あなたは…なんだい？」

男が近づくにつれ、智明の全身が痙攣《けいれん》を起こしたようにがくがく震えだし、歯の根も合わなくなる。震えるしかない智明を荒々しく引き寄せ、そのまま床に押し倒した。

声にならない声が智明の口から零れる。その様子を楽しそうに目の前の男は見つめた。

「愛してるよ。なのにお前はずっと僕のことを無視してたね。悪い子だ。今日はお仕置きをしてあげるよ」

どうして気づかなかったんだ。こんなに近くに犯人がいたというのに。無防備にこの男を家に入れてしまった！

男の舌が智明の首筋を舐めだしたかと思うと、性急に智明の服を脱がせ始めた。恐怖で体が言うことを聞かない。がくがく震える体を抑えるのが精一杯だ。

どうして、どうして、どうして…。

頭の中は疑問の言葉しか浮かんでこない。それ以上はもう考えられなかった。がしがしと体を揺さぶられ、もう相手に何をされているのかもわからない。意識がどんどん遠のく。

ガシャーン！

遠くで何かが壊れる音がした。真っ白な空間の中、音だけが響いてくる。急に大きく揺さぶられた。それがさっきまでの揺さぶりとはまったく違い、智明はやっと自分が襲われているのだという自覚を持つことができた。

「やだっ！　触るなっ！」

自分を揺さぶる手を大きく振り払う。だが聞こえてきた声は懐かしく、ずっと聞きたかった声であった。

「智明っ！」

「あ…」

声を聞いただけなのに智明の目からは大粒の涙が零れ落ちた。

「甲斐…？」

そう口にした途端、温かな腕に包まれるのを感じた。その温かさに徐々に感覚を取り戻していく。

「智明、大丈夫か？」

目の前にあるのは甲斐の悲愴《ひそう》に歪んだ顔であった。

「甲斐…」

ぎゅっと力強く抱き締められる。その腕が甲斐のものだとわかると、智明も負けじときつく抱き返した。

「助けが遅くなってごめん。もっと早く帰ってくるべきだった」

「田畑…は？」

智明の問いに甲斐が視線で答える。甲斐の視線の先にはぐったりとした田畑が倒れていた。

「林からここ最近のお前の行動がおかしいし、気分も優れない様子だと報告があって、心配で空港に着いてすぐに、ここに駆けつけたんだ。まさかこんなことになってるなんて…」

甲斐は苦虫を噛み潰したような表情をした。

「林、そいつを連れてけ。罪をでっち上げてでもいいから、刑務所から二度と外に出られないようにしろ！」

「かしこまりました」

林は他に二人いた黒服の部下に指示を出して、田畑を運び去ってしまった。田畑が視界から消えても智明の体は震えたままだった。

「まだ怖いか？」

智明は首を横に振った。

「お前が来てくれて嬉しい…」

その言葉に甲斐の智明を抱く腕の力が強くなる。

「この部屋はもう引き払おう。そして俺と一緒に住まないか？」

その言葉にまた涙が滲《にじ》み出る。あんなにも同居を拒んだことが嘘のようだ。智明は素直に甲斐の言葉に首を縦に振った。

「一緒に…住もう。甲斐」

甲斐は嬉しそうに目を細め、そっと智明の額に口づけた。恐怖がゆっくりとそこから溶けて消えていく。智明はこのぬくもりをしっかりと噛み締めた。


「甲斐…」

智明の縋《すが》るような声が響いた。甲斐のマンションに着くなり智明は服を乱暴に剝ぎ取られ、奪うようなキスをその身に受けた。

「あ…甲斐…あ…ん」

ベッドに行き着く前にリビングで押し倒される。その性急さにそれだけ求められていることが直に伝わり、その狂おしい想いに胸が震える。丹念に動く指は甲斐の指だ。そう思うだけで己が高ぶる。

「だめだ…甲斐、そんなにされたら俺もう…」

もう達してしまいそうだ。

「もう少し我慢しろ」

甲斐はそう呟くと、露《あらわ》になった智明の胸の突起に齧《かじ》りついた。

「俺の気持ちも察しろよ」

切ない吐息と共にポロリと甲斐の本音が見え隠れする。その途端に智明の胸が酷く痛んだ。あの時、自分の心が恐怖でいっぱいであったのも確かだが、それに手一杯であの現場に居合わせた甲斐の気持ちを察してやることができなかったのだ。

智明は甲斐の髪を指先で掬《すく》う。別れてやろうと思っていた男なのに愛しさが込み上げて止まない。甲斐を避けている一方、本当は甲斐にはまりそうになる自分にストップをかけていただけかもしれない。

「甲斐…もう…我慢できな…い」

智明がそう囁くと、甲斐はようやく満足の笑みを零し、智明の体に薄桃色の印をつけ始めた。

甲斐の愛撫《あいぶ》は普段の自己中心的な彼とは違って智明を喜ばせることに重きを置く。智明の弱い場所、耳の裏、鎖骨のくぼみ、二の腕、他のあらゆる場所に甲斐の指や舌先は快感を運ぶ。

「甲斐…っ」

体の芯《しん》が熱を持つ。今まで固く閉ざされていた蕾《つぼみ》がゆっくりと柔らかく溶けだす。その淫《いん》靡《び》な甘さに魂のすべてが持っていかれそうだ。

「か…い…」

思わず彼が欲しくて指先を彼に伸ばす。その指を甲斐は手で捕らえると、そのまま口に持っていき、舌で丹念に濡らし始めた。その卑猥《ひわい》さに背筋から震えが走る。

「挿《い》れるぞ…」

甘噛みされた耳朶《みみたぶ》がその囁きに震える。甲斐の声だけでもいきそうだ。

「早く…き…て」

男の頭を搔《か》き抱く。秘部に当てられた熱はかなりの硬さになっていた。その熱がゆっくりと智明の中に侵入してくる。一瞬の不快さに眉を顰《ひそ》めるが、やがて己の下半身を疼かせる役

割を担って智明に快感を与えだす。

「あ…ん…」

「智…いいか？」

己の意見は他人の迷惑を顧みず必ず押し通す。右のものを左に動かすこともしない。他人の不幸など屁《へ》とも思わず、親の財力をいいように使い、唯我独尊に生きている。さらに異様なまでに智明に執着し、その独占欲ははるか銀河の彼方までめぐらせている。

そんな男なのに、優しく名前を囁いてくれれば胸が熱くときめく。まるでまだ恋愛をしているかのようだ。

胸が苦しい。

この胸の苦しさに答えを与えるならなんというのだろう。

潤んだ瞳を甲斐に向ける。そこには女性なら誰をも虜《とりこ》にするセクシーな男の顔があった。たまらず腰を振り男にねだる。もっと愛を注いでくれれば答えが出るかもしれない。

「甲…斐、おね…がい…」

「なんだ？」

嬉しそうに甲斐が聞き返す。そして腰使いも激しさを増した。眩暈《めまい》がするくらいの快感に智明の言葉が途切れる。

「お前のお願い…なら、なんでも聞いてやるぞ…」

甲斐の掠《かす》れる声でさえもまた智明の快感を刺激する。もう我慢ができなかった。

「お願い…もっと奥まで…て…」

瞳から涙が一筋流れる。智明の意味を悟った甲斐の腰使いがさらに激しさを増す。もう何も考えられなかった。ただその快感を追うことで精一杯で、声にならない声を上げることしかできなかった。


朝日が寝室に差し込んでくる。智明は無意識にその光を避けるために寝返りを打った。その鼻先に愛しい男の匂いが掠める。

「あ…」

うっすらと目を開けると男の胸にすっぽりと抱えられているのがわかる。この居心地のよさから顔を見なくとも甲斐であることはすぐにわかった。甘えるように鼻先を甲斐に擦《こす》りつける。くすぐったいのか甲斐が少し身じろいだ。

昨夜、何度この男と体を繋いだか覚えていない。このベッドに入ってからも少なくとも三回は抱き合った。その事実に人知れず智明の頬は朱に染まる。

自分は理性的な、しかも淡白な人間だと思っていた。だが、この甲斐を目の前にして自分でも驚くほど情熱的に甲斐を求めてしまったのだ。これだけ求めてしまった後では甲斐のことを愛していないなどとは二度と言えない。智明は恥かしさのあまり溜息をついた。そのまま自分を抱く男の顔を見上げる。その寝顔だけでもう一度恋に落ちてしまいそうなくらい胸がときめく。

「愛してる…甲斐」

「えっ？」

自然と言葉が口をついて出る。その言葉に智明を抱く腕に力が入った。

甲斐は力強く引き寄せると、智明の首筋に顔を埋めた。

「俺も愛してる…」

「寝てたんじゃないのかっ」

耳元で囁かれる愛の言葉に体の芯がジンと痺《しび》れる。甘い痺れはそのまま智明の下半身を直撃する。俄《にわ》かに擡《もた》げた智明の中心に甲斐は嬉しそうに指を絡ませた。

「朝から俺を求めてくれるのか？」

意地悪く歪む彼の唇でさえ心を奪われる。

「ち、違う！　ただの生理現象だ！」

「本当か？」

彼の瞳がわずかだが悲しみを帯びる。その瞳に慌てて智明は訂正した。

「多少はお前が原因かもしれない…」

「じゃ、俺にも多少の責任があるな」

甲斐は今にも口笛を吹き出しそうなくらいのはしゃぎようで、あっと言う間に智明を組み敷いた。

「おはよう。俺の姫君」

朝日に照らされた甲斐の顔はやっぱり格好よかった。その事実に気づかされ、一瞬にして智明の顔に熱が集中する。

「俺は姫君じゃないっ！」

「じゃ、俺の王子様？」

そういう意味じゃないと抗議してみるが、そんなのは二人にとってはただのじゃれ合いでしかない。すぐさま二人は唇を重ねた。

「あ…ん。甲斐、今日は仕事はないのか？」

智明と違ってテニスプレイヤーである甲斐は日曜日でも休みとは限らない。エッチに突入する前に確認しておかねばならない。

「大丈夫だ。まだ時間がある…」

甲斐はそのままさらに深く口づけ、智明の胸に手を忍び込ませる。

「甲斐…」

智明は甲斐に身を委《ゆだ》ね、やがて来る快楽の嵐《あらし》を待ちわびた。が、次の瞬間、二人の間をけたたましい電話のベルが引き裂いた。

「チッ、こんな朝から誰だ！　マナー知らずめ。そんな奴は無視だ」

甲斐はそう言い捨てると本当に電話を無視し、続きを始めようとした。だが一向に電話は鳴り止まない。

「甲斐、何か急用かもしれないよ。出たら？」

「出ない」

「ったく、子供じゃないんだから！　俺出るよ」

智明はさっさとサイドテーブルに置いてあった子機を手にした。それを阻止するかのごとく甲斐がいきなり智明の下半身を口に含む。

「い…あ…っ」

智明の唇から色めいた吐息が零れる。だが智明は歯を食いしばってそれを抑え、電話に出た。

「もしも…」

『若っ！』

電話の主は世話係の林だ。

「林さん？」

『ああ、智明様でいらっしゃいましたか。若…秀樹様はご一緒ですか？』

「ええ、今替わり…あ…ん」

いきなり甲斐にあそこを吸い上げられ、息が漏れる。今の声を林に聞かれた智明は、真っ赤になって甲斐の頭を殴り倒した。そのまま甲斐に子機を押しつける。

「林、聞こえたか？ そういうわけで俺たちは今、真っ最中だ。後で電話しろ」

『お待ちください！ 今日は東京都少年テニス協会の招きで、都内ジュニア選手権の特別ゲストに招待されてるんです！ あと一時間でお迎えに参りますので、準備していただかないと困ります！』

その内容に甲斐は舌打ちをする。

「キャンセルできないのか」

『現会長はお父上のお知り合いでもありますので、それは何卒ご勘弁ください』

「甲斐！」

智明も甲斐の寝巻きの裾《すそ》を引っ張って睨みつける。甲斐が我が儘で他人に迷惑をかけることは自分の目の前では絶対させないと智明は以前から決めている。甲斐もそのことをなんとなくわかっているので智明の態度を見て、大きく溜息をついて敗北を認めた。

「わかった。一時間後に迎えにきてくれ」

『かしこまりました』

電話を切ると甲斐は髪の毛をくしゃくしゃと掻き毟《むし》った。

「くっそぉ！　せっかく智明がその気になってくれてるのに！」

恨めしそうに甲斐は智明を見つめる。そんなことされても智明もどうしようもない。しばらく見つめ合う。だが一瞬、甲斐は眉間《みけん》に皺《しわ》を寄せたかと思うと早口で呟いた。

「一回はする」

飢えたオオカミはそう言って唸《うな》ると、目にも止まらぬ早さで智明に襲いかかったのであった。


ふう。

一通り掃除が終わり、智明はソファーにひっくり返った。あれから猛烈な一回を浴びせられ、なんとか甲斐を送り出したのはいいが、情事の跡を色濃く残すこの部屋にいたたまれず、結局はベッドや寝室、リビングにいたるまで情事を重ねた場所の大掃除をしたのだ。どかっと疲れが体にのしかかってくる。智明は新聞を手に取り、読み始めた。

甲斐は夕方には戻ってくるって言ってたよな…。

時計を見ると二時である。カレーはまだ残っているが、今からスーパーで何か買ってくれば、甲斐にさらにもう一品作ってやることができる。智明はごそごそと新聞に挟まれていたスーパーのチラシを漁《あさ》った。

「二つ隣の駅前にスーパーがオープンしたんだ」

B3版の大きな広告が派手な写真で飾られ、いかにもオープン特価！　という感じで多くの食品が掲載されている。その中でも目を引いたのは松阪牛《まつさかうし》の特別セールであった。

「甲斐、松阪牛、好きだよな…。カレーはまた明日にして、今夜はすき焼でもしようかな…」

智明は財布と鍵を片手にさっそく出かけることにした。


案の定スーパーは凄い賑わいを見せていた。それぞれのコーナーには主婦が大勢押し寄せ、さながら戦場だ。智明はなんとか目的の松阪牛をゲットし、そのまま野菜コーナーで適当に野菜を見繕っていた。ねぎを手に取った時、いきなり後ろから肩を叩かれた。

「北村さん！」

「あっ！　氷室さん」

声をかけてきたのはあのオンボロアパートの元住人、氷室であった。

「今日はここで買い物？」

「ええ、あ、そうか氷室さんの新しいアパートってこの駅でしたよね」

こんなところで、しかも一人分じゃない食材を買ってる姿を見られたくはなかったが、仕方ない。智明は誤魔化すかのように笑顔で応対した。

「そうそう、で、今日は日曜日だから、たまには自炊しようかと思って食材を買いにきたんですよ。北村さんも？」

「ええ、ちょっと仲間うちで集まってご飯作ろうって話になって、俺、買い出しにきたんです」

これでカゴの中の食材を見られても言い訳が立つ。智明は心中でそっと胸を撫《な》で下ろした。

「そうなんだ。そう言えば北村さんはいつまであのアパートにいるの？　早くこっちに引越してくればいいじゃないですか」

「ええっと、その…先立つものがなくって」

「あれれ？」

智明の言葉に氷室が不思議そうな顔をする。しばらく智明の顔を見つめると、言いにくそうに言葉を続けた。

「北村さんのところには話がないの？」

「なんのですか？」

氷室はその言葉に困ったように頭を掻いた。

「うーんっと、今の新しいアパート、前のアパートの住人のほとんどが移り住んでいるんだよ。そのぉ…特典ってやつをもらってね」

「特典？」

今度は智明が怪訝《けげん》そうな顔をする番であった。

「えっと、前のアパートがあまりボロイから新しいアパートに住み直さないかってオーナーから連絡があったんだよ。今僕たちが住んでいるアパートって以前のアパートとオーナーが一緒なんだ。それで移り住んでくれるなら、その…敷金も礼金もいらないし、設備はよくなってるのに家賃も据え置きだって言うんだ。ただしこれは他の人には適用しないから、くれぐれも秘密にしてくれって言われてたんだけど、いざアパートに引越してみると、前の住人のみんながそう言われてここに引越してきたことが判明したんだ。じゃ、あのオンボロアパートの住人だけがこの特典を受けられたんだね、ってみんなで話してたんだけど…北村さんには話がなかったの？」

智明は首を振る。

「オーナーって裏に住んでる皆川《みながわ》さんだよね。皆川さん、そんなにいくつかアパート持ってるの？」

「何言ってるんだい？　皆川さん、あのアパート半年以上前に甲斐不動産に売却したじゃないですか？」

「甲斐、不動産？」

「北村さん、知らなかったの？　でも家賃とか甲斐不動産から請求ありましたよね」

ない。

しかも自分はずっと皆川さんに払い続けている。

少しずつ符号が繋がっていく。もしかして、これは…。思いを巡らせていくうちに、もう一つ、気になることに思い当たる。

ストーカー、田畑だ。同じアパートの住人である彼も引越しを済ませてなかった。それは偶然なのか…。

「氷室さん、田畑さんってご存知ですか？」

「ああ、田畑さんね」

「彼って最近見かけましたか？」

「最近って、昨日の夜に引越してきましたよ。しかも彼、外車に乗ってやってきてね。一体どこでそんな金を手に入れたのかって、みんな話題にしていましたよ」

外車！

どこで金を手に入れたかって？　そりゃ、甲斐しかいないっ！

耳の奥の方でピシピシと神経が切れる音が聞こえる。智明はなんとか込み上げてくる怒りを抑えて冷静に氷室と別れた。別れ際に是非、こちらに引越してきてください、と言われたが、それが甲斐の持ち物であるならば絶対行くものかと思った。しかしそれを口にするのも大人気ないので、青筋を立てながらも笑顔で氷室には頭を下げて帰ってきた。

「ただいま」

とぼけた声で奴が帰ってくる。智明はリビングのソファーに深く腰かけて、甲斐が部屋に入ってくるのを待った。

「トモ！　ただいま。お帰りのキスは？」

「そこに座れ」

「なんだよ。その不機嫌な顔、美人が台無しだ」

「林さんは？」

いつも甲斐の後ろに控えている林がいないので一応聞いてみる。

「ラブラブ新婚家庭なんだから遠慮してもらった。林に何か用があったか？」

智明は今なおシラを切り通す甲斐に憤《いきどお》りを感じた。もしかして衝動的殺人ってのもアり？ってくらいだ。

「俺、今日偶然にアパートの元住人に会ったんだ」

「へえ…」

まだシラを切っている。

「なぜだかあのアパートの住人、全員同じアパートに引越してるんだってな。しかも同じ甲斐不動産の持ち物で特典をもらって」

甲斐の動きが止まる。智明に向けた笑顔がぎこちない。

「へえ…、ぐ、偶然だな…」

「そうきたか。ふん、じゃ、もう一つ。なんで俺のストーカー、田畑が警察にも行かずに、そのアパートにしかも外車つきで引越していなきゃならないんだよ。えっ！　甲斐！　正直に話せっ！」

「ひゃーっ！」

智明は甲斐の襟首を引っ張った。

「正直に話さないと絶交だ。二度と口を利いてやらないからな」

「許してくれよ！　だって、お前、こうでもしなきゃ、俺と一緒に住んでくれないじゃないかっ！」

とうとう甲斐も白状しだす。

「ここまでお前のことを思ってる俺って、愛に飢える子羊みたいで可愛いと思わないかっ？」

バキッ！

見事に智明の右パンチが甲斐の顎下に突き刺さる。

「トモ〜っ」

「俺がどんなに怖い思いをしたか、わかってるのかっ！　本当に怖かったんだぞ！　寿命が三年は縮まったんだ！」

「お前も悪いんだぞっ！　アパートから人がどんどん引越していくのに、俺を全然頼ってくれないし。ストーカーから嫌がらせを受ければ俺を頼ってくれるかなって期待していたのに、智明は俺に全然相談してくれなかったじゃないかっ！」

それは甲斐がテニスの試合で大変だと思ったからあえて相談するのを遠慮していたのだ。甲斐のことを思ってしたことがこんな裏目に出るとは誰が想像したか。

「で、もうちょっと派手にすれば、さすがに智明も俺を頼ってくれるだろうと思ってたのに、それでも頼ってくれなかったから、最後の手段で襲われる智明を俺が助けて惚れ直させる作戦に打って出たんだぞ！　この健気《けなげ》な男心をわかれよっ」

「わかりたかないよっ！　そんな常識外れな男心なんか！」

甲斐の顔が情けないほど歪む。甲斐はどんな人間に対しても尊大な態度で挑むのに、智明に対してだけはめちゃくちゃ弱いのだ。それを知っている智明は彼を責めるのに容赦はしなかった。

「別れる」

「智明っ！」

甲斐が情けないくらいに縋ってくる。誰をも振り向かせるほどのいい男が、たかが男一人にここまでみっともないのも考えものだ。

「今回のストーカーの件は悪かった。俺も智明の気持ちを考えなかったから。でも、俺と別居してから、お前にストーカーが三人いたのを、俺は隠密に退治してやってたんだぞ」

そんな事実、今さら知りたくない。知ったところで気分が悪くなるだけだ。縋る甲斐の手を冷たく振り払う。

「やっぱり林の意見を取り入れるべきじゃなかったんだ…」

いつの間にか甲斐の怒りは林に向かっているようだった。

「俺がアパートに放火して全焼させれば、智明が戻ってくるって言ったのに、林はご近所に迷惑がかかるって言って反対したんだ。ああ、ストーカーなんか使わないで、やっぱりあのアパートに火をつければよかったんだ」

本気でそれを口にする甲斐の頭をかち割って、中味を大学にでもサンプルとして提供したい気分だ。非常識の塊の脳だと言えば、何かの研究の対象になるかもしれない。それくらいしか奴には人類に貢献することはできないであろう。しかしそれをしないのはひとえに智明が常識人であるからだ。

智明は己の怒りをなんとか抑え、玄関に勢いよく向かった。これ以上ここにいたら脳溢血《のういっけつ》か何かで倒れそうだ。そんな智明の後ろ姿をのん気な声が引き止める。

「あ、アパートには帰れないぞ」

そんな言葉は無視だ。

「昨夜、すぐに甲斐不動産の下請け会社に連絡して、今朝、休日出勤扱いであのアパートを取り壊してもらったからな」

な、なんですと〜っ！

智明は己の感情とは裏腹に甲斐に振り返らざるを得なかった。

「お前、何を勝手なことを！」

「だって、あれは俺の持ち物だ。今まで妻が気に入っていたから取り壊さなかっただけで、妻が引越したら用なしだ」

智明の手が甲斐の襟首を掴む。怒りで手が震えた。

「俺の荷物は？」

「昨夜のうちに隣の部屋に運ばせた。お前はセックスに夢中で気づいてなかったようだったけどな」

甲斐は嫌味なくらい決まるウインクを智明に投げてみせる。

「お、鬼っ！　悪魔っ！」

「男は愛のためなら鬼にでも悪魔にでもなるものなのさ」

眩暈がしてきた。しかしここで倒れてはこの男の思うツボだ。智明は気を取り直して、目の前の男を睨みつけた。

「ん？　惚れ直したか？」

もはやここまで歪みまくっている常識には太刀打《たちう》ちできない。智明は肩をがっくりと落とした。

きっとなんだかんだとこのマンションに同居させられるハメになるのだ。そして全仏オープンに連れて行かれ、さらにはきっとウィンブルドンもその後のバカンスっていうやつにも拉致同然に連れて行かれるに違いない。ジャパンスポーツの社長も誰も彼の行動を止めることはできないのだ。智明の味方は最初からいない。だが生まれついての勝気な性格がそれをよしとしない。

「いつか絶対逆転してやるからな！」

最後の負け惜しみかもしれないが智明は甲斐に宣言してやった。だが甲斐はごく真面目《まじめ》な面持ちでその言葉を受け止めた。

「何言ってるんだ？　いつも俺が智明に負かされっぱなしだというのに。これ以上俺に勝ってどうするんだ？」

何を勘違いしてか、蕩《とろ》けそうな甘い視線で見つめてくるこの男に、智明はもはや抵抗する気も失《う》せた。

そう、この男には誰も勝てないのだ。

最~~強~~凶のアムール

「若、本日のファンレターでございます」

ここはパリ、コンコルド広場に面したフランス有数の格調高いホテル、ホテル・ド・クリヨンのスイートルームである。

そのウッディ調の落ち着いた装飾の部屋で優雅に紅茶を飲む男に、一人の老人が手紙の山を乗せた銀のトレイを恭しく差し出す。手紙は毎朝一番に日本から届けられるファンレターだ。だが目の前の男はそれを一瞥《いちべつ》すると、顎《あご》だけ動かし、尊大な態度で言葉を返した。

「捨てておけ」

彼、甲斐秀樹《かいひでき》は世界でも屈指の企業グループ、旧甲斐財閥の三男坊だ。それだけでも手におえないというのに、女性なら誰《だれ》もが見惚《みと》れそうな容姿を持ちながら、ATPランク（世界ランク）三位という実力を持つプロテニスプレイヤーという名声も持ち合わせている。だが財力、名誉、ルックスと三拍子揃《そろ》っているのに、それを凌駕《りょうが》する非常識さで己を主張する、自己中心的な男でもあった。外見がいいだけに、まさに凶悪だ。

そんな甲斐に仕えるこの老人、林《はやし》はもう二十年以上も身の回りの世話をしている。普段は穏やかな老紳士で、落ち着いた笑みを口許《くちもと》に湛《たた》えているが、今日ばかりは眉間《みけん》に皺《しわ》を寄せ、当惑を隠し切れずにいた。

原因はもう何日も受け取ってもらえぬファンレターだ。

日本に帰ってから処理すればいいのに、この林、非常に律儀な性格ゆえ、毎日わざわざ日本から手紙を空輸してもらっているのだ。さらにすべてとは言わないが、ある程度のファンへの返事には代筆の手配もしている。

だがそれにはまず、手紙を甲斐の手で開封してからでないと手配ができない。いくら読まないからといって、主人である甲斐宛《あて》の手紙を第三者が開封することに抵抗を感じる林なのだ。

『若の手紙はまず若の手で開封してもらう』

それが林のモットーであった。

「ですが、フランスに来てからは一通も受け取られておりません。ファンの方々のこともありますので、せめて一通でも…」

「林」

甲斐の鋭い叱責《しっせき》を含む声が響く。

「はっ」

もう六十もとっくに過ぎたかと思われる男は深々と頭を下げた。

「そんな紙切れ如《ごと》きで智明《ともあき》の機嫌を損ねることがあったら、お前のクビが飛ぶと思え」

男の言葉に林は何かに気づいたように目を大きく開いた。そして一層深く頭を下げる。

「申し訳ございません。この林、智明様のお心まで量りかねておりました」

「いいか、智明は恥かしがり屋なんだ。だが、俺に素直に好きと言えない代わりに、妬《や》きもちやきでもある。ま、そこがたまらなく可愛《かわい》いんだがな。しかしフランスに来てまで俺がモテすぎて、智明をハラハラさせるなんて可哀相《かわいそう》だろ？　せめて一緒にいる間は智明に俺を独占させてやって、安心させてやりたい」

智明が聞いていたら、憤死しそうな言葉を甲斐はつらつらと並べ立てる。思い込みもここまでくると犯罪に近い。

だが、老体に鞭《むち》打って甲斐の身の回りの世話をしている林は、甲斐の勘違いに異議を申し立てるどころか、その顔の皺をさらに深くし、涙を流し始めた。

「なんと、愛情深い…。若の人を思う優しさに心を打たれました。あのお小さかった若がここまで立派になられて…この林、もう何も思い残すことはございません…」

丁寧に折りたたまれた白いハンカチを手にし、老人は涙を拭《ぬぐ》う。それを目にし、甲斐の口から小さく息が吐かれた。

「お前の思い出話はそこまででいい。わかった。その忌々しい手紙を運ぶ日本航空の朝一番の到着便を全仏オープンが終わるまで欠航にさせろ。その方がお前も諦《あきら》めがついて、すっきりするだろう。それに手紙が智明の目に触れることもないだろうしな。何かクレームがあれば事務所が処理してくれる」

「かしこまりました」

林は丁寧に頭を下げて退室しようとした。だが何かを思い立ってか、歩みを止める。

「若、智明様はいつお目覚めで？」

このホテル・ド・クリヨンのスイートルームにはこの甲斐の他《ほか》にもう一人宿泊者がいる。先ほどから名前が上がっている北村《きたむら》智明である。

「智明ならまだぐっすりのはずだ。朝に目が覚めるような生優しい可愛がり方はしてないからな…」

甲斐は誰もが振り返るその端整なマスクを意味あり気にニヤリと歪《ゆが》めた。その笑みを穏やかな笑みで林が受け止める。

「さようでございますか。でしたらご朝食はご昼食を兼ねて、でよろしいでしょうか？」

「ああ、それでいい。それから昨夜《ゆうべ》のオードブルに出た生ハムだが、智明が気に入った様子だったから、昼にもそれを出すように料理長に伝えておけ」

「かしこまりました」

林は深々と頭を下げ、今度こそ部屋から出て行った。

ここ、コンコルド広場正面に建つホテル・ド・クリヨンは、フランスが誇る超高級ホテルの代表格だ。目の前に聳《そび》えるオベリスクは夜にはライトアップされ、幽玄な姿に変身する。その姿をシャンパングラスを傾けながら独り占めできるのは、このホテルの宿泊者の特権の一つでもある。

このホテルはクリヨン伯爵の私邸であった時に、あのマリー・アントワネットも滞在したとされ、歴史も長い。フランス資本の高級ホテルとしてはパリ唯一であるため、多くの国賓にも利用される由緒正しいホテルだ。特にコンテンポラリーアートの巨匠と言われるセザールが手がけたバーは評判がよく、甲斐のお気に入りでもある。

だがこのバーに行くために、ここにステイしているのではない。今、このパリではテニスの四大大会《グランドスラム》の一つ、全仏オープンが開催されているのだ。甲斐はそこにシード権つきワイルドカード（主催者推薦枠）で招待されている選手の一人であった。なんといっても現在ATPランク三位だ。たとえどんなに人に迷惑をかけようとも、たとえどんなに常識が歪んでいようとも、テニスの才能には関係がない。甲斐は毎年この大会開催中、この超高級ホテルを定宿としていた。

全仏オープンが開催される少し前の五月上旬から六月上旬は格安ホテルやレジデンスは満室になる。全仏オープンの観客のせいでもあるが、各国から遠征してくる選手が大半を占めていると言っても過言ではない。

そんな中、ATPランクも低く、スポンサーももちろんいない選手にはホテルに泊まるお金もない。そんな彼らはその期間中だけ、ボランティアで選手をバックアップしてくれる一般の家庭にホームステイをさせてもらったりしている。でも一番可哀相なのは、そこまでランクは下ではないが、まだまだお金を稼げるほどでもない中レベルの選手だ。彼らはホームステイもできずに、資金繰りの厳しい中、寝床を探さねばならないのだ。これは至難の業だった。とにかく彼らにとって一番の問題は試合より先に資金面なのだ。

その反面、トッププレイヤーともなるとスポンサーもつき、収入も格段に上がる。しかもスポンサーによっては日常の生活まで資金サポートしてくれることもあって、まず貧乏とは縁がない。コンコルドが随時運航されていた時など、コンコルドの年間契約も当たり前だったのだ。だがそれはほんの一握りのプレイヤーにすぎない。残りのほとんどの選手は毎日計算機と戦っているといっても過言ではないのだ。

まず遠征に出掛けるためのエアーチケット代。言うまでもないが往復いる。それから食費、宿泊費。馬鹿にならない出費だ。だがお金がないからといって海外に遠征に出掛けなければ、ランクも下がる一方で、元も子もない。さらにコーチ、トレーナーなどを頼んだ日には驚くほどの大金がポンポンと飛んでいく。テニスが「お金持ちしかできない」というのも、あながち嘘《うそ》ではないのだ。このグランドスラムに出場できるのも大変なことだが、ここまで来る資金も大変なものなのだ。しかも彼らには過酷な試練がまだある。

まず甲斐みたいなトップランクのプレイヤーは主催者側からワイルドカードがもらえ、何もせずとも参加権が手に入る。だが他の中堅プレイヤー以下は数多くの強豪がひしめく予選を勝ち上がってこなければならないのだ。プロになってもグランドスラムに一度も出られずに引退していくプレイヤーも数多くいる。

全仏に参加するためにはスタートからすでに違うのだ。完全な弱肉強食の世界だ。

そんな中、ブルジョワな甲斐は悠々と高級ホテルのスイートルームを占有していた。家が財産家であるのも確かだが、甲斐ほどのレベルになると、CMのギャラやスポンサーの援助も他の選手とは比にならないくらいもらっているからだ。

そんな場所になぜ、甲斐だけではなく智明までもがいるのかというと、一言で言えば甲斐の策略にハマった、につきる。取材嫌いで有名な甲斐が、智明が勤務する雑誌社、ジャパンスポーツに全仏オープンでの単独密着取材を申し出てきたのだ。条件は智明が甲斐に密着して、記事を書くことであった。

昨今、若い婦女子にスポーツ選手では誰が好きかと尋ねれば、八割強は甲斐秀樹の名を挙げる。そんな甲斐の初めての密着取材を成功させれば売上はいつもの月の一割、いや二割増しになることは間違いがなかった。もちろん、そんなおいしい話をジャパンスポーツが逃すわけがない。見事、智明は人身御供《ひとみごくう》として甲斐に差し出されたのだ。しかもその後、甲斐の裏工作で同居までさせられるハメになり、智明にとって仏滅と天中殺《てんちゅうさつ》と大殺界《だいさつかい》が一度に押し寄せてきたと言っても過言ではない状況に陥っている。この世の終わりまであと一歩、というところだ。

そして誰もこの甲斐の暴走を止める者はなく、こうやって二人はパリ、全仏オープンの舞台にやってきていたのだった。


「智明…」

落ち着いた深い茶色の樫《かし》材でできた重厚な扉を開ける。その先は寝室であった。ベルギー絨《じゅう》毯《たん》独特の織模様は茶色に統一され、ウッディ調の部屋に合わせてコーディネイトされている。そのまま目を正面に向けると、豪奢《ごうしゃ》な装飾をなされた天蓋《てんがい》つきのキングサイズのベッドがその存在を存分にアピールしていた。真鍮《しんちゅう》を磨いて金メッキをかけたそれは、まるで王侯貴族の寝所のようだ。さらに上からカーテンと同じ濃紺の布が覆い被《かぶ》さっている。

もう一度ベッドで眠る彼の名を呼ぶ。

名を呼ばれた人物はまだ深い眠りに落ちているようだった。静かな寝息が規則正しく聞こえてくる。その姿を見て、甲斐は昨夜は少し可愛がりすぎたかな、と反省ではなく喜びを噛《か》み締めた。昨夜智明はなんともいえないイイ声で鳴き、甲斐を喜ばせてくれたのだ。

甲斐はそっと智明の目尻《めじり》に指を寄せ、撫《な》でてやった。途端に甲斐の体に興奮の震えが走る。

「トモ…起きろ。俺の我慢もそろそろ限界だ」

そう言いながら、甲斐は自分のズボンのファスナーを下ろしだす。まだ智明の目は覚めない。

「そんなに寝たいなら寝ててもいいが、俺も好き勝手にやらせてもらうからな」

「う…」

智明の唇から小さく息が漏れる。甲斐がベッドに乗り上げると、その重みで白いシーツがわずかに滑り落ちた。智明の肩から肩甲骨にかけての滑らかなラインが露《あらわ》になる。もう我慢の限界だった。甲斐はいきなり己を智明に突き立てた。

「あ…ん…」

まだ目の覚めない智明からまた甘い吐息が零《こぼ》れる。今朝《けさ》まで体を繋《つな》げていたせいで、智明の体も素直に甲斐を受け入れた。

「可愛い奴だな…」

甲斐はたまらなくなり、激しく智明の体を揺さぶる。途端に組み敷いた体が激しく抵抗した。

「か、甲斐っ！」

「起きたのか？　寝ていてもいいぞ。今朝はいろいろ大変だったろ？　寝ておけ」

「なっ…こんな状態で寝られるかっ！　このクソッタレっ…！」

うつ伏せになっていた智明のうなじにキスしようとする男の顔を思いっ切り押しやる。

「そんな汚い言葉を吐く口は塞《ふさ》がないといけないな…」

と貫いたまま、智明の体を半転させた。智明の悲鳴ともいえる喘《あえ》ぎを甲斐はやすやすとその口で受け止め、そのまま智明のものを優しく揉《も》みしだく。

「はっ…あん…」

キスの合間に漏れる智明の息がすぐに甘い響きを伴う。

「どうだ、コレも密着取材してみないか？」

甲斐はさらに深く腰を突き上げ、己のモノを強調してくる。

「このっ！　いい気に…な…って…」

この男の自信ありげな態度にどうにも我慢がならずに思いっ切り睨《にら》み上げてやった。だが男はしっとりとした欲情を含んだ笑みを浮かべ、脳ミソが腐ったことを平然と言いだした。

「フッ…そんなに俺を挑発するな…。智明がノリ気なのは嬉《うれ》しいが、朝食だけでなく、昼食も食べられなくなるぞ…」

誰が挑発してるんだっ！

智明はさらに上にのしかかる男を睨みつけた。だが男は快感で濡《ぬ》れた目を細め、愛《いと》しそうに智明を見つめてくるだけだ。

「ま、いいか…その代わり俺をたんまりと…食わしてやる…」

一人で納得して、にっこりと微笑《ほほえ》むこの男は、人の心を推し量るという配慮とは永遠に無縁な甲斐秀樹だ。この馬鹿とのつき合いの長い智明は、すぐに方法を変えた。

「くっ…お前、昼から試合…なんだろ…？　うっ…時間がない…だろ…っ」

その言葉にやっと、さすがの甲斐も動きを止めた。そうなのである。今日も昼から試合が控えているのである。

「お前が負けたらっ…俺はこんなパリになんている必要がなくなるんだからなっ！　日本に帰るぞ！　そうなってもいいんだな？　えっ？」

智明の仕事は甲斐の全仏の密着取材である。その対象の全仏で甲斐が負けてしまえば、智明の仕事は必然的になくなるのだ。智明にとったら万々歳であるが…。

自分を組み敷く男を見上げてみる。この男のせいでとんでもない状況に陥っていても、やっぱり見惚れてしまう。すっきりとした顎のラインはつい触れたくなるほどのものであるし、きつそうに見える双眸《そうぼう》は二重のお陰で特有の甘さを醸し出している。こんな瞳《ひとみ》に見つめられたら、心臓麻痺《まひ》で死んでしまう人間だっているかもしれない。甲斐が大嫌いなはずの智明でさえ、昨夜からの行為のことを思い出すと下半身に切ない疼《うず》きが走り、いまだ智明の体内《なか》にある彼を締めつけてしまいそうになるのだ。

そんな男が日夜、智明に愛を囁《ささや》いて止《や》まないのである。甲斐の本性を知らぬ者であれば、幸せのあまり卒倒するに違いない。

思わず見惚れていた智明に甲斐が憮然《ぶぜん》と呟《つぶや》いた。

「全仏の後の全英と、その後に予定している二人だけのバカンスはどうなるんだ？」

「ふん。そんなの全仏の密着取材が思うようにいかなかったら、キャンセルに決まってるだろ。キャ・ン・セ・ル！　雑誌の売上に貢献できないなら、俺もさっさと日本に呼び戻されるさ」

そうすれば、甲斐は全英もあるから、当分は日本に帰ってこられない。しばらくは智明も日本で自由を満喫できるという算段だ。自然と智明の顔も嬉しさでにやけてくる。だが、もう一人の男はそうはいかなかった。神妙な面持ちでとんでもないことを口にしたのだ。

「ジャパンスポーツを買収するか、倒産させるか、どっちがいい。智明」

「へっ？」

真顔で話す甲斐に思わず聞き返す。

「俺から智明を取り上げようなんて百万年早いな。そうだな…倒産させて、ついでに莫大《ばくだい》な借金でも背負わせて、更生法にも引っかからないようにしてやるか…」

甲斐はおもむろにベッドヘッドにある電話に手を伸ばす。

それはまるでルームサービスでも取るかのような気軽さであった。

智明の脳裏に社長や他の社員が路頭に迷う姿がまざまざと浮かぶ。いや、社長などは今にも首を吊《つ》りそうな勢いだ。

だが、一番恐ろしい問題はそれではない。男よりも男らしい井村《いむら》女史の存在だ。先輩編集者の井村の憤りがすべて智明に降りかかってくるかと思うと、想像しただけで身震いがしてくる。まさにゴジラがニューヨークの街を破壊するイメージにぴったりだ。

「ま…待てっ!」

いつものパターンだった。智明は心中で頭を抱えながら、甲斐の行動をこうやって止めるしか術《すべ》がない自分にほとほと嫌気が差してくる。さらに腹が立つのは、こうやって智明が止めてくることを甲斐はちゃんと計算に入れていることだ。その証拠に智明の体内の彼自身は再び意気揚々と、その存在をアピールしだしている。

「ん? どうした?」

それでも知らぬ顔をして聞いてくる甲斐に密《ひそ》かに智明は殺意を抱く。だがこれからの人生をこんな奴のために棒に振るかと思うと、それも悔しくて、毎回なんとか思いとどまるのだ。それにもし、甲斐を殺そうとして未遂に終わったりした日には、まさに甲斐の思うツボで、一生、外に出られない身分になりかねない。学生時代に監禁経験あり、の智明にとってそれは限りなく現実に近い未来なのだ。

「…俺を困らせて、そんなに嬉しいのかよ…」

「そんなわけないだろ? お前が仕事好きなのは承知しているからな。素直じゃない智明が可愛くて、つい苛《いじ》めたくなっただけだ」

「素直、じゃない？」

智明の口が歪む。その顔さえ甲斐はお気に入りらしい。幸せそうに微笑んでくる。

「日本に帰るなんて…俺の試合の心配をしていると素直に言ったらどうだ？　本当は心から愛しているのに、冷たくあしらってごめんって…」

「だ、誰がそんなこと言うかっ！」

恥かしさと怒りで、顔に一気に熱が集中する。脳天から湯気が出ているかもしれない。

確かに甲斐の試合を心配しているのは認める。認めるが——。

なんで俺がこいつに謝らなくちゃならないんだっ!!

智明の怒りが絶頂に達しそうであるのに、甲斐の蕩《とろ》けそうな甘い声が、場違いに降りかかってくる。

「ま、普段強情なのに、ベッドの上だと素直になるのも智明の魅力の一つだからな。さて素直になってもらうかな…」

「ちょっと待て！　だから、お前、試合っ！」

「濃いのを一回なら余裕だ。昼食にありつく時間もある」

目の前の人間の皮を被った野獣は、智明の悲鳴もお構いなしに、その鋭い牙《きば》（？）を再び突き立てたのであった。

「試合に間に合うだろうな」

甲斐の腕からさりげなくＩＷＣの時計が見える。智明も同じ物を持っていた。いや、持たされていた。しかし一介のぺーぺー編集者がする代物でもなく、ずっと引き出しの奥で眠っている。

スポンサーから用意されたアウディは、慢性渋滞のパリの道路ではその威力が十分発揮できない。甲斐の指がせわしなく膝《ひざ》を叩《たた》いている。

季節もよくなり、いよいよパリもオンシーズンである。ブローニュの森に隣接する全仏のオフィシャルコート、ローランギャロスへの道は渋滞と言うよりは、すし詰め状態と言った方が近くなる。観光客が増えるこの季節、ローランギャロスへの道はヴェルサイユ宮殿へ行く道と重なり、一般車はもちろんのこと、大量のバスが道を塞ぐのだ。ルイ十四世さまさまだ。そんな渋滞に甲斐と智明、それに林はハマっていた。

「全仏オープン開催中はヴェルサイユ宮殿を封鎖すべきだな」

またもや身勝手な意見を甲斐が口にする。

「よい案かと存じますが、フランスは観光でかなりの収入を得ておりますので、なかなかそうもいかないものと存じます」

林が運転席から低姿勢で応じる。だがそんな抗議では智明の心情は我慢できずに、つい口を挟む。

「っていうか、お前がもっと早くホテルを出ればよかったんだろ？　渋滞ってことは前からわかっていたことだし」

「それは智明のせいでもあるだろ？　もっと、もっと、ってせが……いってぇ～！」

智明は甲斐の膝を思いっきりつねってやった。

「今から試合なんだぞ。もっと大切に扱ってくれ」

「今から試合じゃなかったら、息の根を止めてやるところだった。心の広い俺に感謝しろっ」

怒っているのに、甲斐はつねられたことさえ嬉しそうに微笑みながら、手はさり気なく智明の腿《もも》を撫でている。

「本当に智明は恥かしがり屋だなあ。気持ちよかったと、正直に言えばいいのに。林のことなら気にしなくてもいいんだゾ♥」

「そうでございます。智明様。この林のことはお気になさらずに」

バキバキッ。

智明の手の中で飲みかけの缶ジュースが握り潰《つぶ》される。

結局、智明はこの馬鹿のせいで朝食も昼食も食べ損ねたのだ。取りあえずホテルで用意してもらったランチボックスとジュースを抱えて車に乗り込んでいたのだった。

「降ろせ。俺はタクシーで行く！」

智明の言葉に甲斐は深く溜息《ためいき》をついた。

「ったく、何もかもこの渋滞が悪い。智明の機嫌が悪くなるのももっともなことだ」

「俺の機嫌が悪いのはお前のせいだっ！」

智明は精一杯訴えてやった。だが隣に座っている男はまったくこの智明の心情を理解しようとはしない。

「もはやこの渋滞はテロ行為と変わらないな。観光収入を増やすために俺の智明をはじめ、その他の人間の気分を犠牲にするとは。俺や市民の幸せさえ奪おうとするフランス政府をなんとかしなくてはならないな。林、シラク大統領にすぐに抗議しろ」

「かしこまりました」

「話が通らなかったら、至急ニューヨークの迫田《さこた》に連絡して国連《こくれん》に訴えろ。俺は断じて国を挙げての営利追求を認めないとな」

「さすが若でございます。その正義感、お父君にそっくりでございます。この林、なんとしてでも若の素晴らしさをこの全世界に伝えとうございます」

けっ、何が正義感だ。全世界だ。国連でも全農連《ぜんのうれん》でも好きなところに訴えろ。

この大勘違いペアに智明はもはやこれ以上関《かか》わる気は一切ない。いやもう縁を切れるものなら切ってしまいたい。思わず窓に顔を背《そむ》ける智明に突然また声がかかる。

「トモ、今日はストレート勝ち狙《ねら》うから、しっかり取材しろよ」

いきなり話題が変わる。無視を決めていたはずなのに、思わず甲斐を振り返ってしまった。

「お前に、いい記事を書かせてやりたいからな…」

その甲斐の笑顔に不覚にも胸がときめく。それを悟られたくなく、慌てて再び窓に顔を向けた。

「当たり前だろ。優勝狙ってもらわなきゃ……ジャパンスポーツが困る」

素直に応援していると言えるほど智明も精進していないのだ。だが甲斐は手を伸ばして、智明の髪をくしゃりと摑《つか》んだ。

「勝ったら、今夜はどんなご褒美を智明からもらえるのか、楽しみだ」

智明の頰《ほお》に熱が集中する。

なんでこの男には、自分が強がりで言えぬ本当の言葉がわかるのか、思わず悔しくなる智明だった。


五月の終わりから六月の初めに十三日間行われる全仏オープン、ローランギャロスは実に全世界の一流選手、五百人が腕を競う華やかなトーナメントだ。世界に名高い四大大会《グランドスラム》の一つとして知られている。

まず特筆すべきは、そのコートの表面《サーフェイス》だ。全米、全豪が一般によく使われるケミカルコートなのに対して、全仏は赤土を使ったアンツーカーのコートである。これは全英の芝生《しばふ》のコートと同様、かなりのクセを持つコートでもある。

土でできたコートは足元をおぼつかなくし、またボールの行方《ゆくえ》を悪戯《いたずら》に変化させる。ちょっとしたくぼみにボールが落ちると、そのボールは想像もつかない方向へ飛び跳ねるのだ。よほどの経験がないと、この球筋は読めない。雨が降ったら最悪だ。子供の泥んこ遊びに匹敵する有様になる。

さらに土のコートはボールのスピードを吸収し、威力を弱める。これはビッグサーバーにとってはかなり痛い事実だ。なぜならサーブで点を取るのが難しくなるからである。よって威力より技術、そしてこのローランギャロス・マジックにいかにして苛立《いらだ》たずにいられるか、言わば忍耐がモノを言うのもこの大会の特色かもしれない。

観客席に座ると、眼下に赤い土のコートが飛び込んでくる。その赤土を囲むのは深い緑色のフェンスだ。赤と緑という派手なコントラストなのに、どこかシックにさえ感じられるのは、フランス人の絶妙な色彩感覚のたまものだろうか。

「今年の全仏の覇者はやっぱりセギールかねぇ。全豪のあのスマッシュは目を見張るものがあったよ」

「いやいや、あんなケミカルコートで優勝したって、ローランギャロスのアンツーカーには通用しないよ。やっぱり前年の優勝者、マーヴェリーだよ。あの勘のよさと、足腰の強さはアンツーカー向きだ」

智明が控え室に行った甲斐と別れ、林とローランギャロスの関係者席に座った途端、ギャラリーの討論が聞こえてくる。英語であったため、なんとなく言っていることがわかった。

「林さん、甲斐…勝つよね…」

セギールもマーヴェリーもスポーツ紙を賑《にぎ》わす常連の名だ。

「大丈夫ですよ。智明様。若はああ見えても人一倍テニスの練習をされております。今朝も智明様が起きられる前には、トレーナーの方と共にハードなメニューをこなされておりましたよ」

その言葉に智明の胸がトクンと疼く。甲斐は普段は非常識の塊のような奴なのに、テニスに関してはいつも真剣に取り組んでいる。そんな甲斐の姿にいつも智明は心を打たれるのだ。感動さえしてしまう。

「知ってる…」

智明の消えそうなくらいの囁きに林は満足そうに微笑した。

「智明様は若を信じてあげてください。若はいつも智明様に誠実であろうとされております。このフランスに入ってからは智明様に気をお遣いになって、ファンレターさえもお受け取りにならないのです。なんという愛情の深さでありましょう。智明様はお幸せですよ」

「ファンレターなんて…」

関係ない、と言葉を続けたかった。だが喉《のど》で言葉が詰まる。

認めたくはないが、やはり甲斐が智明の目の前で嬉しそうにファンレターを見ていたら、気分がいいとは言えない自分がいるのは確かなのだ。

「くっそ…」

その事実に苛立ちを感じる。

嫌いなはずなのに、俺がアイツのことを好きだとアイツに言われ続けたために、きっと洗脳されてしまったんだ――!

そう思わずにはいられない。そう思うことでしか自分を慰められない。

智明は大きく溜息をつくしかなかった。ふとその視界の端に金色の光がかすめる。

少年だ。しかも絵に描いたように綺麗《きれい》な少年だった。金の光かと思ったのは彼の髪の色であった。さらに瞳はフランス人形の代表、ブルーである。頬などはセーブルの陶器かと思える滑らかさだ。その皮膚《ひふ》に血が通っているのが不思議なくらいだ。

ヨーロッパの子供って、本当に人形みたいに可愛いんだなぁ…。

思わず智明も見惚れてしまう。少年と目が合う。一瞬、その目に引き込まれそうになった。

「智明様、若がお出になります」

林の声で智明は我に返った。

なんか、魂を持っていかれそうだった…。

ドキドキする胸を抑えながら、意識を少年からコートへと移した。一斉に大きな歓声がコート全体を包み込む。その中で試合の前に行われる公式練習が始まった。甲斐の長い腕が空に向かって伸ばされる。

ピシッ！

凄《すさ》まじいサーブだ。しかもエンドラインに立っている相手の足元に叩きつけて挑発さえしている。相手もその挑戦状を受けたかのようにニヤリと笑った。

この試合の相手はアルゼンチンのファーゴだ。毎回ベスト8には顔を出す強豪だ。その持久力とラリーにはかなりの定評がある。

智明の喉が我知らずとゴクリと鳴る。

「一分前《ユヌ・ミニュット》です」

審判が公式練習の終わりが近いことを告げる。二人はそれぞれベンチに戻って試合の準備をし、やがてまたコートのネット際までやってきた。サーブ権かサイドを決めるトスのためだ。

「裏《ラフ》」

ファーゴが遠慮なく先に言った。甲斐はちらりと相手を見て、そして言葉を口に出した。

「表《スムース》」

審判がコインを投げる。表だった。ファーゴの顔が不満気に歪む。

「悪いな。この全仏、俺には幸運の女神がついてるんだ」

甲斐は自慢げに顎を智明のいる方向へしゃくり上げた。ファーゴは視線をちらりとそちらへ向けたが、この大勢の観客の中で、誰がこの男の女神なのか判別できるわけがない。すぐに視線を甲斐に戻した。

「その甘ったれた根性、叩き潰してやるぜ」

審判がフランス語しか解さないであろうことを逆手にとって、ファーゴは笑みを浮かべながら英語で呟いてきた。

「叩き潰されるのはどっちかな」

甲斐も軽く鼻を鳴らして不敵に口許を歪めた。

関係者席に座っている智明の心拍数はMAXを超えていた。心臓が口から飛び出してきそうだ。

頑張れ！　甲斐っ！

智明は心の中で叫ばずにはいられなかった。あの時と一緒だ。高校時代、初めて甲斐のプレーを目の当たりにした時、智明は彼から目が離せなかったのだ。その勝利への執念、諦めるということをまったく知らない攻撃的なプレー、人並み外れた判断力。あの頃から甲斐はずば抜けて秀でていた。そして今、また甲斐がそれらを総動員して試合に臨んでいる。

そんな彼から目を離すことなど、智明にとって到底無理なことであった。

二人の間のボールは物凄《ものすご》いスピードで往復している。しかもお互いを挑発しているようにも見える。

甲斐の放ったサーブがファーゴの脇《わき》を擦《す》り抜け、ラインぎりぎりに落ちる。

「キャーンズ・ゼロ！（15－0）」

全仏オープンは英語を使わない。スコアから何からすべてフランス語で行われる。四大大会で唯一、英語圏でない国の意地と誇りがここに表れている。

会場が息を飲むほどの展開にどよめく。点を取られたはずのファーゴはその観客をよそに、涼しい顔をしてガットに指を伸ばし、その歪みを直している。興奮を抑えるためであろう。点を取った甲斐も喜ぶわけでもなく、平然と次のボールの弾みをチェックしている。二人共、テニスは感情に溺《おぼ》れた者が負けるということを知っているのだ。

会場がまたシンと静まり返る。

甲斐が再びイエローのボールを頭上に放り投げる。背中を反らして、その反動でボールを叩き出す。ボールがグンと勢いをつけ、伸びた。これにはさすがのファーゴも手が出せなか

った。

観客が再びどよめく。そしてすぐに割れんばかりの拍手が会場を震わせた。その拍手の凄さに智明は驚く。会場中に拍手がこだまし、その音に全身が総毛立つ。まるで大きな生き物がうねっているような感じさえ受けた。

「今のスピードは時速二百七キロだ」

気がつくと智明の隣に体格のいい外国人が座っていた。甲斐のコーチ、マーチンだ。奥さんが日本人のため、日本語がかなり上手い。そのマーチンがボードに表示された数字を読み上げたのだ。

「あいつ、この全仏オープンいやに張り切ってるんだよね～。愛しの恋人が一緒だもんだから…」

ボキ！

智明の手にあったシャープペンシルの芯《しん》が折れる。

「あはは…そ、そうなんですかぁ？　知らなかったですよぉ～」

「今さら、下手な芝居しても無駄だと思うけどね。トモ君」

サーッ。

海の波が一斉に引いていくように、全身の血が音を立てて引いていく。

「練習の時は、いつもノロケばかり聞かされているからね」

あのクソったれがっ！

怒り心頭で、表面を無難に取り繕うのが一苦労だ。だが智明は震える手を握り締めながら、引きつった笑顔で答えた。

「あ、あの…仕事に集中したいので、その話はまた次の機会に…」

「へぇ～次の機会だったら話してくれるんだ。こりゃ、トレーナーのケインやエージェントのビルにも言っておかないとな」

マーチンは楽しそうにウインクをしてくる。

スコーン！

「げっ！」

いきなり智明とマーチンの間にレモンイエローのボールが飛び込んできた。

「悪いな。手が滑っちまった」

人のよさそうな顔をして、ボールを打ち込んだ本人、甲斐が客席に歩み寄ってくる。

もちろん、絶対わざと、だ。

マーチンが呆《あき》れた顔をして、飛び込んできたボールを走ってきたボールボーイに渡す。それを甲斐は横目で見ながら、まっすぐ智明のところまでやってきて低く呟いた。

「トモ、俺の試合をきちんと見ないなら、ここで犯すぞ！」

目が本気《マジ》だ。

しかも甲斐なら本当にやりかねない。常日頃から智明を自分のものだとアピールしたくてたまらない男なのだから。

「この試合は全世界に中継されているからな。智明が誰のものか、全世界の人に知ってもらうにはちょうどいい機会だ」

「ちょっと待て、冷静に考えろ。そんなことしたらお前の選手生命も終わるぞ」

そう、スポーツ界は各種スポーツ団体が主張するように『健全たる肉体には健全たる精神が宿る』をモットーに掲げており、ゲイにはなかなかハンデのある世界である。かの高名なテニスプレイヤー、ナブラチロワが、カミングアウトをしたため、テニスをするにおいて相当なハンデを背負っていたことは有名な話である。

「智明が俺のものだと証明できるなら、テニスをやめて、本格的に親父《おやじ》の会社に入ってもいいしな」

甲斐がにこりと嬉しそうに微笑んだ。まさに智明の意見も聞かずに、我が道を独走状態まっしぐらである。冗談が冗談にならない男。それが甲斐秀樹なのだ。

「み…見る！　見るよ！　精魂こめて試合を見させていただきますっ！」

智明の言葉に甲斐はやっと満足して、審判に注意を受けながらもコートに帰って行った。

「トモ君も、嫉妬《しっと》深い旦那《だんな》で苦労するね」

ボキッ！

マーチンの言葉に、またまたシャープペンシルの芯が見事に昇天していく。思わず見上げたローランギャロスの空は、智明の心とは裏腹に見事に晴れ上がっていた。

その後、しのぎを削る展開が続いた。

第一セット、六—四で甲斐が取り、第二セット、タイブレイクで甲斐。そして迎えた第三セット。今のところ五—四で甲斐が優勢だった。テニスの公式試合は六ゲーム先取でセットを勝ち取ったことになり、それを三セット先取した方が最終的にその試合に勝つ。試合をさっさと終わらせるためにも、このゲームは絶対落とせないものだった。

「ここまで来たらファーゴも必死だな。なんとしてでも一セットは取りたいところだからな」

智明もマーチンの言葉に無言で頷《うなず》く。膝の上で固く握られた智明の拳《こぶし》は真っ白になっていた。

頑張れ、甲斐…甲斐!

コート上の甲斐は別にいつもと変わりなくボールボーイからボールを二個受け取り、ボールの弾み具合を確認し、一つをまたボールボーイに返す。アドヴァンテージがかかっているようには見えない落ち着きようだ。すっと彼の鋭い瞳が見開かれる。

レモンイエローのボールが宙に浮く。ヘッドが大きな弧を描き、瞬間ボールを掻《か》き消した。

　スコーン！

　涼やかな音が空間に響く。一瞬ボールが消えたかと思うと、弾丸のようなボールがアンッーカーに突き刺さっていた。ファーゴは必死で伸ばしたラケットでそのボールになんとか追いつく。だが、ボールは力なく上に跳ね上がり、緩やかなカーブを描いて甲斐のコートに入ってくる。甲斐はすでにネットについていた。そのままアンダースピンをかけて角度をつけたボレーでオープンスペースに打ち込む。

　一瞬の出来事であった。

　振り返ったファーゴの目前をレモンイエローの残像が鋭角なラインを描いて落ちる。そのまま高く跳ね上がり、一つ、二つとバウンドして、ラインの外に転がっていった。

　会場が静かになる。誰もがその瞬間を固唾《かたず》を飲んで見守っていた。その中を審判の声が響き渡る。

「ル・ヴァンクール・ド・マッチ・エ・ムッシュウ・カイ！《試合は甲斐選手の勝利です！》」

　どっと拍手が沸き起こる。その音を聞いてようやく智明は肩の力を抜くことができた。コートでは甲斐がファーゴと握手を交わしている。思わず智明も身を乗り出した。甲斐に飛びつきたい衝動を必死で抑える。

甲斐！

今なら素直に甲斐を褒められそうだった。

「トモ君、早くプレスルームに行かないと、いい場所取られちゃうよ」

「あ、はい！」

まだ試合の余韻に浸っていた智明にマーチンが声をかけてくれた。ふと視線を上げると、智明を見つめている人間と視線が合った。先ほどの金髪の少年だ。

なんだ——？

まるであっちは智明のことを知り合いだと言わんばかりに見つめてくる。だが、もちろん、智明には覚えがない顔だ。

「ほら、トモ君、AP通信社の写真もチェックするんだろ？　早く行かないと、また甲斐が拗《す》ねるぞ」

智明は急《せ》かされるまま、地下にあるプレスルームまで甲斐のインタビューを取るために走った。

プレスルームは各国の記者でごった返していた。選手は着替えてから、ここでインタビューに答えることが義務づけられている。これをキャンセルすると罰金が科せられるのだ。

智明は並みいる記者を押し分けながら前へ進んだ。こういう根性は日本でしっかり叩き込まれている。一番前に出ようと思った瞬間、突然、記者たちがざわめいた。フラッシュが何回も瞬く。甲斐が現れたのだ。

「カイ！　今日の試合はベストコンディションでプレーできたかい？」

後ろの記者から甲斐に声がかかる。それに甲斐は手を上げただけで答える。日本人離れした体格の甲斐はそれだけの動作でさえも、さまになる。

「先日の試合といい、今日の試合といい、絶好調だね。今回は優勝を狙えそうかい？」

「優勝以外、何を狙うのです？」

その甲斐の返答に記者たちの苦笑が響く。

「ファーゴ選手だけど、彼は今回、ベストコンディションで出場してきたけど、戦ってどうだった？」

「足腰が強かったたな。左右に振ってもバランスが崩れにくくて、少々やっかいだった。だが所詮《しょせん》、俺の相手ではなかったけどな」

その整った口許をニヒルに歪める。それもまたキマっていた。その証拠に女性記者の何人かは甲斐に釘《くぎ》づけになっている。しかも英語とフランス語を母国語のように場面、場面で使い分ける姿なんて、甲斐の性格を熟知している智明でさえもノックアウトされるくらいの魅力に溢《あふ》れていた。

「さっきオフィシャルショップから聞いたんだけど、甲斐の全仏オフィシャルグッズの売上が凄いって聞いたよ。君を支えてくれるファンに一言！」

「口では言い表せないほど感謝してるよ」

「あなたにとって、誰が一番強豪？」

その質問に甲斐はふん、と鼻で応《こた》えると悪戯っ子のような笑みを浮べた。

「俺にとっての強豪はコートの上にはいないな。コートの外にいる」

「どういう意味ですか？」

「あっ！　さっきファーゴ選手が言っていたカイの女神っていう人のことですか？」

途端にスポーツ記者らは芸能リポーターに変貌《へんぼう》する。どの記者も前へ押し寄せようとするのに、一人だけ後退《あとずさ》る人物がいた。智明だ。

「今日、試合に来ていたらしいということですが、恋人ですか？」

「どんな方なんですか？　天下の甲斐グループのご子息の恋人なら、さぞ――」

記者の一人の言葉が終わらぬうちに甲斐の長い指が一点を指した。

「俺の恋人なら、そこにいるぞ」

その長い指は見事、逃げようとしていた智明を捕らえていた。

げっ！

一斉に記者たちが智明に振り向く。一対何十の対決だ。

「あなたがカイの恋人！」

「ここにいるということは、我々と同業者なんですか？」

「今日は仕事？　それともプライベートでカイの試合を観《み》にきたの？」

たたみかけるように質問が飛んでくる。その凄さに逃げることも忘れそうになるくらいだ。

「君、女の子だよね？　なんだか男の子に見えるけど…」

う…マズイ！

智明は悠々と席に座る甲斐を遠目で睨みつけた。が、甲斐は嬉しそうにニコニコ笑って声をかけてくる。

「トモ、こっちに来るか？」

誰が行くかっ！　この馬鹿者がっ！

だが一瞬記者たちから目を離したのがマズかった。一人の記者が智明の肩を摑んだのをきっかけに他の記者たちが一斉に智明に詰め寄ってきたのだ。

げげっ！

「智明様！　こちらへ！」

間一髪、林の招きで通路に逃げ込んだ。記者たちが追ってくる。

「智明様、こちらの出口から外へ！　すぐそこの道路脇にお車が停《と》めてあります」

「ありがとう！　林さん」

智明は言われた通りに外へ出る。

「あ、すみませんっ！」

いきなり飛び出したため、人とぶつかりそうになる。

慌てて顔を上げると、目の前にはがっちりとした体格の男が智明を睨んでいた。思わず息を飲む。

「あ…あの…」

こんな時に限って咄嗟《とっき》に英語が出てこない。智明があたふたしていると、その男は智明の首からパスカードを引き寄せ、それを確認した。男が小さく唸《うな》る。怒られるのかと一瞬思ったが、男は智明が選手の関係者だったせいなのか、一睨みすると何もせずにその場を去ってくれた。智明の体にどっと疲れが押し寄せる。

「こんなんで、俺、まともに密着取材できるのか～？」

途方に暮れる。しばらくして智明が大きく息を吐くと、突然、うっすらと暗闇《くらやみ》がかった空間から、人の呻《うめ》き声が聞こえたような気がした。もう一度耳を澄ましてみる。

？

何も音はしない。

聞き違いだろうか――？

ガサガサッ。

今度は植え込みの木が揺れる音だ。智明は音のする方にゆっくりと歩み寄った。

！

そこには先ほど観客席で見かけた金色の髪をした少年がいた。しかもいかにも怪しそうな男に連れ去られようとしている。

思わず智明は仕事道具が入った鞄《かばん》を男に投げつけた。ファイルやカメラ、それに分厚いパンフレットなどが入った鞄はそれなりに重いし、突然のことだったせいで男も簡単に怯《ひる》んだ。そのまま瞬時に男の股間《こかん》を蹴《け》り上げてやる。いつか甲斐にやってやろうと密かに練習をしていた必殺技だ。もちろん、ばっちりキマった。男の手から少年の手が離れる。

「ここです！　ここに誘拐犯がいますっ！」

咄嗟に日本語で叫んだ。だが智明は次の瞬間、信じられないものを見てしまった。

少年が男の懐から拳銃《けんじゅう》を抜いて、そのまま男に向けたのだ。しかもかなり手つきが慣れている。美しい少年の顔に笑みが零れたかと思うと、カチリと安全弁が外れる音が響いた。

銃を向けられた男の顔が途端に青褪《あおざ》める。

「××××」

少年の口からはどこかの外国語が語られる。男はその言葉に慌てて背を向け、その場から逃げ去ってしまった。

少年は顔に似合わない物騒な物をいつまでも逃げていく男の背に向けていた。やがてしばらくすると少年は智明に振り返った。

「××××。グラッチェ」

グラッチェという言葉で、少年がイタリア語を口にしていることを理解する。

「ソーリー《ごめんね》。アイ ドント アンダースタンド イタリアン《イタリア語わからないんだ》」

その智明の言葉に、少年は少し目を丸くすると天使のような笑顔で言葉を口にした。

「メイ アイ スピーク イングリッシュ《英語を話してもいいでしょうか》？」

「シュア《ええ》」

と、言っても智明はいまいち英語が話せないのが実状だ。聞き取りはなんとかできるのだが、話すのは苦手、という典型的な日本人なのだ。思わず構える。

「助けてくれてありがとう」

少年の英語はゆっくりでクリアーだった。これなら智明もなんとか聞き取れる。

「どこか怪我《けが》はない？」

少年は心配そうに智明の体を見回す。

「ナ、…ナッシング《な、ないよ》！」

慌てて智明は答える。なんだか立場が逆だ。自分がこの少年の体を気遣うべきであるはずなのだが、英語力の問題もあって、言葉がなかなか出てこない。

「君はヒデキ・カイの知り合いですか？」

「え？」

突然の甲斐の名前に智明は視線を少年に合わせる。

「カイの試合、関係者席にいたし、今も関係者出入口から現れましたよね」

「ああ、彼の密着取材をしているんだ」

「そう…」

少年は一瞬、顔に似合わない表情をし、意味あり気に智明を見つめてきた。ふわふわの金の髪が青い瞳にかかって、あどけない表情の中にも、しっとりとした男の色気が滲《にじ》み出ている。

もう少し成長したら、多くの女性を泣かせる男になりそうだなぁ…。

思わず智明も少年の顔に見入ってしまう。

「ねえ…」

少年が囁くように智明の耳元に口を寄せた。

「僕が甲斐を好きだって言ったら、君は協力してくれますか？」

え？

智明は少年の瞳を見つめ返す。だがその瞳は無邪気に笑っているだけだ。言葉の真意を量り損ねる。

「今、なんて…」

「アルフォンヌ様」

智明の言葉を遮るように低い男の声が茂みに響いた。突然の出現に心臓が飛び出そうになる。

「ロレンツォ」

綺麗に髪を後ろに撫でつけた男は、少年に向かって軽く頭を下げた。歳《とし》は三十前だろうか。しっかりした体軀《たいく》、鋭い眼光。しかし、どこか優雅なその所作は彼の育ちのよさを窺《うかが》わせる。だが、それだけではない臭《にお》いがした。きな臭い感じだ。

その彼がアルフォンヌの耳元で何かをイタリア語で囁く。だがアルフォンヌはさり気なく手を上げて、それを制した。何かとても意味あり気である。だがそんな智明の不安をよそに、アルフォンヌは再び天使のような笑みをにっこりと零した。

「助けてもらってありがとう。また君とは会いたいな。トモ」

首からぶら下がっているパスカードには智明の名前と写真と所属が示されている。それゆえこの少年は智明の名前を知り得たのであろう。少年は短く礼を述べると、何もなかったかのようにその場を去った。

「なんなんだ…？」

嫌な感じが智明の胸中を駆け巡る。心臓をギュッと掴まれた感じだ。

「…あの子が甲斐のことを好き…？」

突然、わけもわからず不安がむくむくと智明の中で大きくなっていく。

「智明様！」

智明が少年の消えた先を見つめていると、背後から林の声が聞こえてきた。

「お待たせしまして申し訳ありません。すぐに若がみえますので、どうぞお車に…」

「林さん…」

「はい？　智明様、どうかされましたか？」

と、問われても何をどう言ったものか、と思い悩み、結局一番気になることを聞いた。

「やっぱり、甲斐ってもてるんだよね…」

その言葉を吐いた途端、ズキンと胸の奥が疼いた。鼓動も速くなってきている。

「はい。毎日ファンレターが各国から届いておりますから、おもてになるかとは思いますが…ですが、若は智明様一筋でありますよ。浮気など決してなさっておりませんよ」

林の人のよさそうな笑顔が智明に向けられる。その笑顔だけで、なんだか胸のもやもやが薄らいでいく。それと反比例して智明の意地っ張りの性格がむくむくと湧《わ》き上がってきた。

「密着取材の一環で甲斐の人気を知りたかったんだ」

「さようですか。それなら事務所に連絡を取って、智明様のご入用のデーターを用意させましょう。さ、智明様、お車に……」

林は智明の言葉をさほど勘繰りもせずに、道路脇に停めてあったアウディに智明を案内した。智明が車に乗った途端、遠くから騒がしい声が響いてくる。甲斐を追って、記者たちがこちらに向かってきたようだ。

「智明様、少々後部座席で身を屈《かが》めていただいてよろしいでしょうか。見つかりますと少々やっかいかと思われますので……」

智明もその意図を理解し、慌てて身を小さくする。すぐに甲斐と記者らが車までやってきた。林が助手席のドアを開けるために車外に出て行く。

「カイ、明後日《あさって》の試合、準々決勝だけど、前大会優勝者のマーヴェリーと当たるよね。自信はどう？　勝てそう？」

「愚問だな。負けると思って戦う選手はいないだろ。もちろん、勝つつもりでいるよ」

「宣戦布告と取ってよろしいでしょうか！」

「好きなように解釈してくれて結構だ」

「さきほどの恋人とは結婚のご予定は？」

その質問に甲斐は記者らに振り返って、不敵に笑みを零した。

「――相手次第だ。俺は熱烈にプロポーズしているんだがな」

途端に記者たちからどよめきが漏れる。羨望《せんぼう》とも取れるそれを振り切って、甲斐は林に促されるまま車に乗り込んだ。

「なんだ、智明。隠れているのか？」

「当たり前だろ！　誰のお陰でこんなことになったって思ってるんだ！」

「智明のせいだな。俺にこんなことを言わせるお前の魅力が悪い」

いけしゃあしゃあと、言い切るこの男の頭をかち割ってやりたい。

「俺は帰るからなっ！　ゴシップ記事のネタにされるなんて、真っ平ごめんだっ！　別れ…」

ウォッホン！

いきなり林がわざとらしく大きな咳払《せきばら》いをする。智明は運転席に座る林を睨みつけた。

「智明様、どうぞそのお言葉を口になさらないでください。若にとって一番辛《つら》いお言葉ですので、なにとぞ…」

「う〜っ」

林に止められては智明も唸るしかない。そうやって静かになった智明に甲斐は宥《なだ》めるような声で話しかけた。

「機嫌直しにオペラ座にでも行かないか」

「オペラ座？」

「一度、智明と一緒に行きたかったんだ」

甲斐が夢見るような声で囁く。聞いているだけでも赤面しそうな甘い声だ。どぎまぎする自分を知られたくなくて、つい智明はぶっきらぼうに答えてしまう。

「オペラ座はテニスと関係ない。行きたきゃ、一人で行ってこい」

シート越しに甲斐の表情が曇るのが見える。智明の胸にチクリと棘《とげ》が刺さり、そのまま言い訳めいた言葉を続けてしまう。

「…俺は今日の試合の記事をまとめて、それを日本に送らないとだめなんだ」

「一緒に行ってくれるなら、さっきの恋人に関する記事の部分を全部握り潰してやってもいいぞ」

「え?」

「緘口令《かんこう》を敷いて、智明に関する部分は全部消去するように各国の記者に通達しよう。これを破ったマスコミには、この業界にいられなくなるかもしれないと注意してやればいい」

注意って…それって脅しだろ。

思わず突っ込みたくなるが、智明にとってもいい話なのであえて口を挟むのをやめた。

「だが…一つだけ智明にもわかってほしい。智明を俺の恋人だと皆に紹介したい、俺のものだと主張したい、そう思う俺の気持ちも理解して欲しいんだ…。決して中途半端な想《おも》いじゃないってことをな」

男の指が智明の頬に触れる。不覚にもドキリと胸がときめいてしまう。思わず首を振って、恥かし紛れに憎まれ口をきいてしまう。

「中途半端な想いの方がどれだけ楽か、こっちこそわかって欲しいぜ…」

強姦《ごうかん》に始まり、脅迫、窃盗、誘拐、監禁。智明が甲斐から受けた所業はどれも犯罪に近い。いや、犯罪だ。甲斐グループという後ろ盾がなければ、この男は何度も警察のお世話になってしかるべき男なのだ。

「お前こそ、男の純情をわかって欲しいな」

誰がお前の純情なんかわかるもんかっ！　と言いたいのは山々だが、恋人宣言うんぬんは世間から絶対抹消せねばならない項目ゆえ、智明は渋々ながら頷いてやるしかなかった。案の定、甲斐はニヤリと嫌な笑みを口許に浮かべた。

「交渉成立だな。さ、オペラ座に行くか」

一瞬、智明の肌に鳥肌が立った。くわばら、くわばら。もうそう唱えるしかなかった。


ミラノのスカラ座と並び称されるオペラ、バレエの殿堂、オペラ・ガルニエ。通称、オペラ座。一九八九年にオペラ・バスチーユ（新オペラ座）が完成してからは旧オペラ座と呼ばれることもあるが、幅百二十五メートル、奥行七十三メートル、総面積約一万一千平方メートルは劇場としては世界最大級である。

オペラ大通りに見えるその外観は、四方を壮麗な彫刻で飾られ、その優美さはまさに白い貴婦人のようである。陽《ひ》が沈む頃になるとライトアップされ、さらに美しさを増す。だがこの時期、夜八時を過ぎても暗くならないパリで、智明はライトアップを見ることもできないままオペラ座に引きずり込まれた。

「なんだよ！　こんな時間に公演もないのに開いてるのかよ」

車を林に任せて、我がもの顔で甲斐はオペラ座の正面玄関まで智明を引っ張っていく。

「心配無用だ。親父の友人がインターポールの上層部に在籍していて、今夜はそのツテでオペラ座を貸切にしてもらったんだ」

インターポールと聞けば銭形《ぜにがた》警部しか思い浮かばない智明である。それがどうやってオペラ座が貸し切れるのかわからないが、取りあえず受け流す。どうせ聞いたところで一般市民にとっては腹が立つ話に違いないのだ。

「舞台の観客席の天井に描かれているシャガールの絵は見事だぜ。絶対、智明に見せてやりたいって、以前から思ってたんだ」

そこから入れと指定されているのか、甲斐は迷いもせず、古い木戸をくぐってオペラ座に入る。途端、目の前に大きなホールが飛び込んできた。

内装の豪華さは外装以上だ。天井まで吹き抜けになったホールもさることながら、その真正面に構える大階段が見事としか言いようがなかった。自分の姿が映し出されそうなくらい磨かれた白い床に、仄《ほの》かなピンク色に染まった階段の手すりが映える。さらに緑に統一された柱。よく見るとそれがすべて大理石で造られていることがわかる。タカラヅカ歌劇団の大階段が世界で一番豪華だと思っていた庶民の智明には信じられない豪華さだ。

左右ところどころに配されている燭台《しょくだい》には本物の火ではないだろうが、多くの蠟燭《ろうそく》が灯《とも》されている。その階段をゆっくりと上がる。その優雅な空間に、まるで貴族の世界に紛れ込んだ錯覚にも陥る。さらに歩を進めると、正面には紳士淑女の社交場となる大広間、グラン・フォワイエがあり、ネオ・ゴシック様式の緻密な装飾を目の当たりにすることができた。金で装飾されているはずのそれは、きらびやかでもあるが、どこか落ち着いていてしっくりとくる装飾だ。ふと、智明が目を横にそらすと、窓からパリの灯が見てとれた。その窓の手前には大きなフラワーアレンジメントが飾られている。それを中心にして大きなカウンターが設置されていた。

「ああ、ウェイティング・バーだ」

智明の視線の先に気づいたのか、甲斐が答えた。

「演目の間や前後にここで多くの人が語らうようにバーが設置されているんだ。今夜はそこまで頭が回らなかったから、手配をしていないが…智明が望むなら今度、手配をしておこう」

甲斐はそう言うと再び歩きだし、やがて目の前の濃い艶《つや》やかな茶色のドアを押し開けた。

！

目の前に広がるのは大きな舞台。

智明は思わず息を飲んだ。

「これが芸術家なら誰もが一度は踏んでみたいと思うオペラ座舞台だ」

芸術に興味のない智明もその舞台の凄さに目を奪われる。だから——

だから、隣の男の蛮行に反応するのが遅れたのだ！

「げっ！　甲斐っ！　どこを触ってるんだっ！」

「どこって…口に出して言って欲しいのか？　トモもなかなかスキモノだな」

男はこともなげに、堂々と智明のズボンから油断しきったモノを取り出し、右手で握り締めた。

「うっ…」

「硬くなった…」

甲斐は小さな子供が宝物でも見つけ、嬉しくてたまらないような表情を浮かべてくる。

「オペラ座の見学に来たんだろうがっ！　俺にオペラ座を見せたいって言ったのは嘘だったのかっ！」

「俺はシャガールの絵を見せたいとは言ったが、オペラ座を見せたいなんて一言も言ってないぜ。行きたい、とは言ったけどな。自分の勘違いを人のせいにするなんていけないな、トモ」

すぐさま智明を押し倒す。悲しいかな、力ではこの男には絶対勝てない智明なのだ。

「でも、俺はこんなことなんかする気はないぞっ！」

「ん？　こんなことって、どんなことだ？　智明の口から言って欲しいなぁ」

すでに甲斐は上機嫌モードだ。無駄な動きなど一切見せず、智明のシャツ、ズボン、下着を順々に脱がしていく。『TVチャンピオン服脱がし王選手権』なんていうものがあったら、間違いなく歴代チャンピオンの一人になるであろう手際のよさだ。もちろん『TVチャンピオン非常識鬼畜王選手権』でもチャンピオンに輝くのはいうまでもない。あっという間にすべてを脱がされる。

「まずはノーマルからな。俺の背中越しにシャガールの絵を観てろよ」

オペラ座の天井画で有名なシャガールの『夢の花束』がこの鬼畜男の後ろで鮮やかな色を発していた。そこには『オペラ座の怪人』でも有名なシャンデリアがぶら下がっている。

このっ！　オペラ座の変態めっ！

智明はそれでもなんとか甲斐の下から逃げ出そうと懸命に体を動かした。

「そんなことしても無駄だぞ。かえって男心を煽《あお》るだけだ。ほら、俺のコイツもお前の艶《あで》姿《すがた》に大騒ぎだ♥」

確かに甲斐のそこはズボンの上からでもわかるほど大きく勃《た》ち上がっている。

「何が大騒ぎだ…ああっ！」

智明が怒鳴ると同時に甲斐の唇が智明自身を咥《くわ》える。巧みな舌技に理性が急速に失われていくのがわかった。さらに力が抜けたのを見計らって、後ろの蕾《つぼみ》に甲斐の指が滑り込んでくる。智明の体を知りつくしている指は智明のウィークポイントを的確に攻めてきた。体全身に甘い痺《しび》れが走る。

「一度、オペラ座でトモを抱いてみたかったんだ…。この適度に落とされた照明の下で桜色に染まるトモの肌をじっくり観賞してみたかった…」

「変…た、いっ！」

しっとりと濡れた空気に微妙に熱を伴う息が紛れる。その淫靡《いんび》ともとれる空間に智明の乾いた声が絶え間なく漏れた。その声に甲斐の頬に笑みが刻まれる。口で咥えていたソレをそのまま手に委《ゆだ》ね、巧みに智明を扱《しご》いてやる。その動作に連動して智明が可愛い声で鳴く。甲斐はご褒美とばかりに智明の胸の突起に齧《かじ》りついた。

「ああっ！」

智明の悲鳴にも似た喘ぎが劇場に響く。

「トモ、次はどうして欲しい？」

頃合を見計らって甲斐が優しく問いかけてくる。それはまるで悪魔の囁きだ。

「は…な、せ…っ！」

「なんで、そんなに強情なんだ」

呆れたような口調とは裏腹に甲斐の瞳は楽しそうに輝いている。その瞳に嫌な予感が過《よ》ぎる。

「たまには素直なトモも見てみたいな」

なんて、言いながら甲斐が手にしたものは一本の白い紐《ひも》だ。テニスシューズの紐だろうか。

「か、甲斐…？」

途端に智明の背筋に恐怖が駆け上る。

「素直に俺が欲しいと言えるまで、この紐は取ってやらない」

そう言った時には見事に智明のあそこに白い紐がしっかりと巻きつけられていた。

「か、いっ…」

智明の叫びをそのまま甲斐は唇で奪い取った。指は後ろにくぐらせたままだ。その指がある一点を擦《こす》り上げる。智明の喉が鳴った。

「たまには素直に俺を欲しがれよ。俺のこと素直に愛してるって言えよ」

誰が言うかっ！

ただでさえもこの男は激しいというのに、智明が何か甲斐を喜ばせるようなことを言ったら、もう最後だ。犯《や》り殺されるのも覚悟せねばならない。いや、そもそもなんで愛してるなんて言わねばならないのだ。キスとキスの合間にその思いをぶちまける。

「お前なんて…！」

そう口を開きかけた途端、胸が詰まる思いがした。

キライだ。

たった三言が言えなかった。涙が出そうになる。

なんで言えないんだっ！

いくら自分に問いかけても答えは出てこない。今までも出てきた例《ためし》はない。あえて言うなら自分の趣味が悪かった、それしかなかった。

「なあ…」

甲斐の問いかけに意識がふと戻る。

「なあ、言えよ。俺だって、たまには言って欲しい時があるんだ…。お前に愛してもらってるって自覚したい時があるんだ」

「誰が…っ」

快感の波に翻弄《ほんろう》されながらも甲斐の胸を押し返す。なけなしの意地で抵抗する。これ以上甲斐をつけ上がらせては身がもたない。

好きなのに、いつか逃げたい。でもきっと逃げられないし、またどんなに嫌気が差しても、結局、逃げるのを躊躇《ためら》う自分がいる。

この相反した感情を持つ限り、智明は甲斐にこれ以上自分の気持ちを悟られたくはないのだ。つい強情を張ってしまう。

「誰がそんなこと、言ってやる…もんか」

熱くなった体をなんとかしながら、自分を組み敷く男の顔を睨みつけてやる。だが睨みつけた顔は予想だにしない表情をもって智明を見つめていた。

「か、い…?」

眉間に皺を寄せ、辛そうに見つめる男の顔を目の当たりにする。いつもの人を小馬鹿にしたような笑みは口許には浮かんではいなかった。

ただそれだけなのに智明の胸は酷《ひど》く痛んだ。被害者のはずなのに、いつの間にか加害者にすり替わってしまった気分だ。甲斐の体がそのままゆっくりと智明の体に覆い被さってくる。

男の体は熱かった。甲斐も智明に発情しているのだ。その事実だけで、その熱だけで、達しそうになる。智明は思い切って男の唇に唇を寄せた。

「俺を…お前の上に、乗せろ…よ」

「トモ…何言って…」

「何も聞くなっ…いいから…乗せろよっ」

智明の頬に一気に熱が集中する。こんなことを甲斐に言う自分はきっと熱に浮かされているに違いない。

智明が耐え切れずに睨むと、甲斐は相変わらずの艶のある笑みを零しながら、軽々と智明を自分の上に跨《また》がせた。

濡れた甲斐を摑み上げ、軽く擦る。もうそれだけで甲斐のモノは硬くそそり立った。それを自分の蕾に押し当て、智明はゆっくりと腰を沈めた。

「はうっ…」

痛みはないが、不快感が全身を襲う。だがこれも慣れた一連の過程だ。この後には凄まじいほどの快感が待っている。

「俺の紐、取れよっ！」

下半身からじわじわと快感がせり上がってくる。これで甲斐に動いてもらわなければ生殺し状態だ。甲斐は嬉しそうに智明に絡みついた紐を外した。

「そんなに俺が欲しかったんだ」

「うるさ…いっ」

本当は欲しいとか、そんな問題じゃなかった。甲斐をただ喜ばせてやりたいだけなのだ。言葉では言ってやれなくても、せめて態度でわからせてやりたいのだ。

——結局は愛しているのだから。それをこの馬鹿は馬鹿なりにきちんと感じ取ってくれるのだから——。

「何？　トモ」

嬉しそうに智明の腰を持ち上げ、抜き差しをする甲斐が顔を近づけてくる。智明はその頬に手をやりキスを仕掛けた。それを合図に男の動きがさらに激しさを増す。もう何も考えられない。五感のすべてが吹っ飛び、快感だけを貪《むさぼ》っている。

「あ…んっ…かっ…、甲斐っ！」

甲斐からの返事はない。

「ああ…っ」

もうシャガールの鮮やかな色彩も、贅《ぜい》をつくしたシャンデリアも、何も目に映らなかった。甲斐の頭を胸に抱え込み、真っ白な平原に放り出される。

「トモ…！」

甲斐の苦しそうな声が空を切る。

「ああ…っ…」

どっと体が重くなる。智明はそのまま甲斐の胸に倒れ込んだ。甲斐の大きな深呼吸が耳に触れる。たったそれだけなのに智明の胸の奥底から酷く幸せな気分が溢れだしてくる。すぐに彼の指が智明の髪を巻きつけて遊びだした。

「やっぱり智明は最高だな…愛してる。お前は？」

キスをせがんでしまいたくなるような唇が甘い言葉を吐く。彼の吐息は千の言葉よりも多

くの気持ちを語っているかのようだ。智明は固く目を瞑《つぶ》った。

「俺は…嫌いなヤツと寝る趣味はない」

降参するしかなかった。

言ってやらないと心に決めているはずなのに、こんな甲斐を目にすればいとも簡単にその決意は崩れ去ってしまう。

智明の複雑な心とは裏腹に甲斐は上機嫌に智明を強く抱き締めてくる。そのぬくもりに居《い》心地《ごこち》のよさを感じて、つい目を閉じてしまう。

「これからここに来るたびに今夜のことを思い出すだろうな…」

「げっ、思い出さなくていいっ!」

甲斐の言葉に、夢から覚めたように智明は一気に熱が冷めた。

「オペラ座で燃え上がった二人の愛だ。しかも智明から欲して俺の上に乗ってきたというオマケつきだぞ? 何度も思い出さなければ、もったいないと思わないか?」

「思うわけがない」

冷たく言い放ってやる。

「本当に智明は情緒のない奴だな…」

呆れたように呟かれるが、どっちが情緒がないのか、全国の一般市民に問いただしてみたい。

「ま、照れ隠しで言ってるのが丸わかりだがな…」

「お前、勘違いも大概にしとけよっ！」

　智明が甲斐に挑みかかったその瞬間、ドアを外からノックする音が響いた。智明の体に緊張が走る。ついでにここがセックスなどする場所ではないことも思い出す。だが焦る智明をよそに甲斐は平然と事実を口にした。

「ああ、多分、警備の人間だろう。あまりうるさいから様子を見に来たんだろ…」

「来たんだろ、じゃなくて、お前！　服っ！　早く俺の服をよこせっ！」

　甲斐の下敷きになっていた智明の服を必死で取ろうと手を伸ばす。こんな姿、他人に見られたらもう恥ずかしいどころではない。その場で即死だ。だが甲斐はそう簡単には言うことを聞いてはくれなかった。

「どうせだから、ついでに俺たちの仲を公認してもらおうぜ」

「何っ～！」

「しっ！　声が大きい。お前、本当に警備員にその姿、見せたいのか？」

　智明は無言で首を横に振る。だが甲斐の不敵な笑みは消えることがなかった。ひやりと冷たい何かが智明の全身を走り抜ける。本能で智明は逃げた。服はないが、取りあえず警備員が入ってきた時だけでも身を隠せればそれでいい。だが体勢を崩し転びそうになる。すぐに後ろから男に抱きすくめられた。甲斐だ。

「裸で逃げようとする姿もなかなかそそられるものだな…」

「甲斐、放せっ！」

げっ！

冷汗が智明の背中を流れ落ちる。智明の腰の辺りを甲斐のすっかり勃ち上がったモノが勢いよくノックしてきたのだ。

「あんまりお前の後ろ姿が色っぽくって、俺のコイツは爆発寸前だ」

「放せ、甲斐！　警備員に見られるっ！」

「見せておけ」

甲斐に乱暴に腰を摑み上げられる。黄金と朱赤で彩られた豪奢なボックス席が否応なしに智明の目に飛び込んできた。それが余計、智明が理性を手放すことを容易ではなくさせる。

そのままよつんばいにさせられた。その体位で何をさせられるのか、智明には恐ろしいほどわかっていた。

「甲斐っ！」

「智明、犬、好きだよな」

「それと、これとでは違うっ！　…あ…んっ」

智明の言葉も言い終わらないうちに甲斐の熱い肉棒が智明の中に押し入れられる。先ほどの情交のせいでそのままますんなりと入ってしまった。

「かっ…いっ！　だめっ…あ」

優雅なシャガールの天井画に智明の甘く濡れた声が高く響く。

「だから、そんな大きい声出したら、警備員に不審に思われるぞ」

甲斐がそう囁くとまたノックの音が響いた。智明の心臓がその音で止まりそうになる。

「ふう、キツく締め上げてくるな…。こういうスリルもたまにはいいな」

甲斐は激しく腰を打ちつけてくる。警備員がいつ劇場に入ってくるのか、智明の全身が快感と恐怖に支配される。心臓が激しいセックスとその緊張で痛いほど波打ち、乱れる。

「ああ…っ…！」

心臓が激しく波打つのは緊張のせいなのか、それとも快感のせいなのか、次第にわけがわからなくなってくる。とうとう腰が智明の意志を裏切って焦《じ》れたように動きだした。

「くっ…トモ、よすぎっ…。緊張しながらセックスするのがクセになりそうだ…な」

甲斐はそう言いながら、智明の前にも指を絡めだす。ほとんど触らないうちに蜜《みつ》が大量に零れ出てきた。

智明は己の浅ましさに目を閉じる。だが込み上げてくるのは自責の念ではなく、純粋な快感だ。

「こんなに感じて…」

甲斐が嬉しそうに呟く。自分とは違って余裕の甲斐に腹が立ってくるが、いつもより数段上の快楽にその怒りも飲み込まれていく。

「あ…ん…」

「可愛い。トモ…もっと腰振って…」

甲斐の言われるがままに腰を振る。

何か大切なことを考えないといけないのに、それがなんだったのか焦点がぼんやりとして思い出せない。快感を前にしてすべてが億劫《おっくう》になってくる。それでも何かを必死に探りたくなるのだが、甲斐はそれを許してはくれない。胸に残るのは愛を分け合う相手が甲斐であればそれでいい、という結論だけだった。

甲斐の動きと相まって、グチュグチュといういやらしい音が耳に届く。粛然たるオペラ座の空間が甘く淫《みだ》らな空間へと変貌していく。それさえも今や自分に火が点《つ》く条件でしかなかった。

ガチャ。

快感を貪る智明の耳にドアが開けられる音が響いた。一瞬智明の動きが止まる。なけなしの理性が第三者の存在を再び察知したのだ。

「か、いっ…！」

悲鳴にも似た声だった。後ろから覆い被さる甲斐を振りほどこうと必死にもがく。だが甲斐はそれを容赦しなかった。すぐさま智明の前をより激しく扱きだし、腰のピストン運動もスピードを増した。

「あ…んっ…！」

もうだめだった。最後の理性までもが深い谷底へと引きずりこまれる。

コツコツと靴の音が近づく。それは智明にも理解できた。だがそれだけだ。それに対して何かアクションを起こすだけの余裕はもうなかった。ただなんとか射精をすることだけは避けようと甲斐のもたらす快楽の波を必死に凌《しの》ぐのが精一杯だった。

コツ…。

靴音が止まる。甲斐の欲望が智明の最奥を突いてくる。そのあまりのよさに腕から力が抜け、顔が床に崩れ落ちた。そのすぐ目と鼻の先に革靴のつま先があった。

もう、だめだ――。

絶望的だった。すべてが終焉《しゅうえん》に向かっている感じさえする。だが、この快楽を手放すのも、ここまで来ると無理だった。何もかも失ってもいいから、すべてを感じ、受け止めたいという渇望が込み上げて止まない。まるで一種の飢えのようにすべてを貪り、食いつくしたいのだ。その飢えを満たすために、目の前に警備員が来ても愛撫《あいぶ》の手を止めない甲斐に感謝さえしたくなる。彼となら一緒に墜《お》ちてもいいとさえ思えてしまう――。

一瞬の静寂に襲われる。

「若」

それは聞き覚えのある声だった。

「林、取り込み中だ」

「申し訳ありません。ですが、お父君からのお電話が今、繋がっておりまして…お急ぎのご様子で…」

「フン、どうせ大したことない。あとでかけると言っておけ」

「かしこまりました」

林は目の前で相当激しいセックスをしている二人に、さほど驚いた様子もなく、いつも通り丁寧に頭を下げ去っていった。ある意味、大物だ。智明の全身から力が抜け落ちる。一気に冷汗が噴出した。だが甲斐は再び容赦なく腰を打ちつけてきた。

「か、い…っ」

「もう少し我慢しろ。二人で一緒にイクからな」

そう言うと、智明の前を射精ができないようにやんわりと握った。射精が自由にできないというだけで、智明の体がより敏感に反応し、悶《もだ》える。やがて一層、激しく揺さぶられると前の縛《いまし》めも解かれ二人で達した。

「フッ…林のお陰で燃えただろ？」

その言葉に智明は思わずにやける甲斐の頭を殴ってやる。

「俺は人に見られて燃える、そういう変態趣味はないんだ。帰る！」

「ああ、警備員の件なら嘘だ。たまには違うシチュエーションで楽しみたかっただけだ。心配するな。今夜は劇場に入ってくるなと命令してあるから、誰も入ってこないはずだ。見られることはない。これで智明も心置きなくセックスできるナ♥」

「はぁ〜!?」

「怯《おび》えるトモがあんまり可愛かったから、つい苛めてみただけだ。お陰で緊張して、いつもより感じただろ?」

男はまったく反省の色も見せずに軽々しくウインクまでつけてくださる。

こ…この腐れ外道がっ――――!

怒りで智明の全身が震えてくる。が、
ナニ?

途端にまだ抜かれていなかった甲斐のイチモツが智明の中で質量を増した。

「お前! これ抜けよっ!」

「なんだ? 散々味わっておいて、飽きたらもういらないのか?」

「人聞きの悪い言い方をするなっ!」

「事実だろ」

ああ言えばこう言う男をどうしたものかと思案してみるがどうにもならない。それればかりか、相手の男は智明が黙ったのをいいことにとんでもないことを言ってきた。

「試合に勝ったら、ご褒美くれるって約束だったろ？　俺、今日勝ったぜ」

智明が返答をしないうちにまたもや甲斐は智明を組み敷いた。もう中のモノも臨戦状態だ。

「今度はどんな体位でやろうか？」

「か…甲斐っ！　お前、最初からそのつもりだったんだなっ！」

所詮、哀れな子羊はオオカミに食われる運命だった。


「ほい、二百本終了」

トレーナーのケインの声が頭上から響く。プールの水面から甲斐が水飛沫《しぶき》を上げて浮かんでくる。

今朝も甲斐のトレーニングが続いていた。智明も密着取材のため、甲斐について屋内プールにやってきていた。

甲斐は肺活量をアップするために二十五メートルを二百本、計五キロを毎日泳ぐ。さらにこの後、筋力アップのトレーニングが数時間続き、やっと基礎体力トレーニングが終わる。昼を挟んでコートに立てるが、ハードなストローク練習が仮借なく彼を責め立てている。まったく容赦ないメニューだ。しかし、それは別に特別なトレーニングではなく、常にＡＴＰランクトップ10入りを果たすプレイヤーたちにとっては当たり前のことだった。大会中でも決して練習に手を抜かない。トッププレイヤーたちは毎日こうやって鍛え上げた体をさらに鍛え続ける。これに手を抜けば、すなわちランクも落ち、選手生命に響いてくる。

一試合で三十を超すゲームをこなす時もあるテニスは、全身全霊をこめてボールを打ち続ける。それは精神、体力の限界への挑戦だ。さらに筋肉のつき方一つでボールの威力も変わってくるのだから、筋肉についても他のアスリート同様に重要視されているスポーツだ。優雅に見えて、現実は厳しくハードなのだ。

「だからこそ、その死闘ともいえる日々を乗り越え、戦いを挑む選手たちに観客は拍手を惜しまないんだろうな。彼らの勝利へのハングリー精神を心から称《たた》えてるんだ」

智明はメモを手にそっと呟く。昨日観た全仏の試合を思い出す。胸にまだ感動が残っていた。

「いい記事書けてるか？」

ふと顔を上げると甲斐が立っていた。まさに水も滴るいい男だ。とても昨夜のような蛮行を仕掛ける男には見えない。その引き締まった体にいつも抱かれているのだと思うと、つい目を逸《そ》らしてしまう。

「ま、そこそこには。泳いでいる写真も撮れたし…」

グランドスラムの公式試合写真はプロに頼んでいるが、こういったプライベートはスナップ写真がいいだろう、との指示で智明が撮っていた。

「男前に撮ってくれているだろうな」

「ありのままだよ」

と言っても、ありのまま撮っても十分すぎるほどこの男はかっこいいのだが。

「ふーん、俺も今度お返しに、ありのままの智明を撮ってみたいものだな」

その語尾に妖《あや》しげな意味を見出し、立っている男を睨む。毎回思うのだが、こうやって睨むだけしか抵抗できない自分が悲しい。しかもこの睨みがまったくこの男に効き目がないことも知っている自分が哀れにも思えてくる。もちろん、そう思わなくても十分哀れな身の上なのだが。

「若」

突然、林の声が二人の間に割り入る。途端に甲斐の顔が不快に歪む。最近、二人の仲を邪魔するのは林と決まりつつあるのだ。林もそれを理解していて、今も申し訳なさそうに言葉を続けていた。

「智明様のご同僚の井村様がお見えになっておりますが…。ここへお通ししてもよろしいでしょうか?」

「へ?」

思わぬ人物の名に、智明の素《す》っ頓狂《とんきよう》な声が上がる。井村といえば、智明の先輩編集者、あの井村女史だ。

「なんでもお仕事でこのパリにお寄りになったらしく、智明様に面会を希望されておりますが」

「ええ?」

智明が欧州取材に出掛けているのに、さらにもう一人編集者を欧州に派遣するとは、あの弱小雑誌社のどこにその余力があったのか世界七不思議より不思議だ。

「ああ、井村さんか…。会社では智明がお世話になっているから無下にもできんな。いい、通せ」

甲斐は仕方なさそうに林に告げた。途端、井村がやってきた。多分、ドアの外で待機していたに違いない。井村はパステルブルーのスーツを颯爽《さっそう》と着こなし、プールサイドまでやってきた。

「甲斐さん、昨日の試合、素晴らしかったですわ。テレビで拝見してました」

記事の入稿前の本性を知らなければ、誰もが憧《あこが》れそうな美人だ。その顔で微笑まれれば誰も悪い気はしない。

「私も恋人の前ではそうそうみっともない負け方はできませんからね」

すでに井村には二人の仲がバレているので、ノロケ同然でいけしゃあしゃあと甲斐はしゃべる。

「全仏、期待してますわ。北村君もきっと甲斐さんに惚《ほ》れ直してますよ」

そんな余計なこと、言うんじゃないっ！　と言いたいが、さすがに先輩編集者に言えるはずもなく…、案の定、今の言葉に甲斐の顔はニッコニコに輝いている。

「ところで、甲斐さん。実は今日、ちょっと北村君を借りにきたんです」

「智明を？」

「お昼から借りられません？」

なんで俺に聞くんじゃなくて、甲斐に聞くんだっ！

これも口に出して抗議したいが、先ほどと同じ理由で口には出せない。悲しき上下関係かな。しかも智明の処遇が甲斐に委ねられていることを思い知らされる瞬間でもあった。さらに井村はにっこりと笑みを零しながら言葉を続ける。

「もし今日、貸していただけたら、これからも甲斐さんに協力を惜しみませんわ。たとえば北村君を急に休ませたかったら、私から社長にかけ合いますし、ことによったら、北村君の長期休暇取得にも尽力いたしますわ」

さすがの甲斐もこの申し出には瞳がキラリと光る。だが智明には恐怖の瞬間といっても過言ではなかった。

「ちょっと、待ってくださいっっ！」

智明の言葉に二人は無邪気に、何？　という顔をして振り返った。

「俺がそんなに休んだら、みんなに迷惑がかかりますし…」

「北村君が少し休んだって、私が日に二時間余分に働けばなんとかなるわ」

智明の仕事を二時間、と言われるのもショックだが、その二時間の恐怖に他の編集者から後で文句が来るのは必至だ。智明はさらに食い下がった。

「俺みたいな新人が長期休暇なんて取ったらみなさんに申し訳ないし…!」

「先輩の私がいいって言ってるんだから、いいの! それとも北村君は私の意見に何か不満があるの?」

ピキッ。

それを言われたら完敗の智明であった。

「いいえ、井村さんの親切心に感謝しております…」

智明には涙ながらに感謝の言葉を述べるしか道がなかった。

「そういうわけでいかがかしら?」

井村は優雅に微笑みながら甲斐に向き直った。

「そうですね。どうせ昼からも練習で智明の相手はしてやれないですし、夜までに返していただければ、智明をお貸しいたしますよ」

「まあ、私もお二人の甘い生活を邪魔するつもりはありませんから、夜までには必ずお返ししますわ。ホホホ…」

だから、なんで俺の処遇をお前らが勝手に決めるんだ～っ！

智明の心の叫びはここにいる誰一人にも届いてはいなかった。


「で、なんで井村さんがここにいるんですか？」

智明は井村に連れられて入ったフレンチレストランでやっと本題を口にすることができた。

「最近、欧州サッカーブームでしょ？　先週イギリスのプレミア・リーグのナンバーワンを競うFAカップがあって、その取材に来たのよ。ああ、ランチAかBか迷うわ～」

井村は智明の質問を適当に流し、真剣にメニューで悩んでいる。

「井村さん、そんなことであの会社が大枚はたくわけないじゃないですか！」

「あら、それだけじゃないのよ。またすぐスペインにサッカーの取材をしに行かなきゃならないのよ。レアル・マドリッド、ベッカムが加入してたらまさにドリームチーム結成でしょ？　ポジション争いも凄いのよね。それに名陶リヤドロの人形が欲しかったし…。ああ、やっぱりスズキのポワレが捨てがたいからBコースね。北村君はどっちにする？」

「どっちにって…。なんだか井村さんが行きたがっていた国ばかりの気がするのは俺の気のせいですか？」

智明のこの言葉にやっと井村の視線がメニューから外される。

「こんなに長い間、勤めているのよ。社長の弱みの一つや二つ握っているのは当たり前でしょ？」

当たり前なのかいっ??

悪気もなさそうににっこり笑う井村に思わず突っ込みたくなるのを、日頃の忍耐力でグッと抑える。

「本当はもうちょっと長期ステイがしたかったのよね。六月にフランスのシャンティイ競馬場でエルメス主催のディアーヌ賞があるでしょ。それから続けてイギリスで英国王室主催のダービー、ロイヤル・アスコット。どれもこれも世界各国のセレブが集まるのよ。ほら昔、イギリスの国王とアメリカの女性記者が世紀の恋をして世間を騒がせたじゃない。私だって上手くいったら玉の輿《こし》に乗れるかもしれないでしょ？　なのに社長は五月中に帰ってこいって言うのよ。ったく、私が結婚できなかったら、あのタヌキ、一生呪ってやるわ」

先輩、何を企《たくら》んでたんですか…。

智明は井村の言葉に肩をがっくりと落とした。

「北村君、メニュー決められないならAコースにしなさいよ。私、この砂肝のオードブルが気になるの。私のと半分ずつしない？」

井村はそう言って、さっさとウェイターに英語で注文をしてしまった。さすがは何回か欧州を回っている井村だ。英語が通じるレストランをちゃんとチェックしている。

「そうそう編集長から伝言。写真や文章をこっちでもチェックしたいから、取りあえず随時送信しろって。写真も郵送する前に会社にメールで送信しておくようにね。でも、くれぐれも北村君と甲斐さんの仲がバレるような写真は送らないでよ。そういう写真は私個人宛に送ること。そのスジに流すから」

「な、何言って…！」

智明が叫びそうになった途端、井村がにっこりと笑った。瞬間、智明の体温が絶対零度まで下がる。

「そういう写真を欲しがる子。知り合いに一杯いるのよね〜。フフ…」

どんな交友関係なんですかっ！　と聞きたいが、墓穴を掘りそうで怖くて聞けない。しばらく智明が固まっていると、目の前にオードブルが置かれる。井村の前には鴨肉《かもにく》のもの。智明にはさっき話題になった砂肝のオードブルだ。

「あら、この砂肝、柔らかいわ。日本のよりあっさりしてるし…。北村君も食べてみて」

智明のオードブルなのだが、さっさと井村は砂肝に手を出して感想を述べている。

「今日はこれで体力つけてもらって頑張ってもらわなきゃならないんだから」

「え？」

智明の声に井村はまたもや意味ありげに笑みを零したのであった。

「ヴィトンって、オンシーズンになると一人に二個までしか鞄、買えないのよね」

そう言って智明が連れてこられたのはオペラ座の背後に建つパリの高級デパート、ラファイエット・ギャラリアだった。

「北村君がいてくれたお陰で、四個まで買えたから助かっちゃったわ。アメリカでテロが起きた時は日本人観光客が減って、ヴィトンも制限を一時的にやめたらしいんだけど、また復活したのよ。本当にやんなっちゃうわよね～」

と言いながらも井村の手にはおなじみのヴィトンの紙袋がしっかりとぶら下がっている。ついでに言うなら智明の手には井村より大きな紙袋が下がっている。

智明はあれからラファイエットの一角にあるルイ・ヴィトンの店の前まで連れてこられた。しかも井村に命令され、入店するのに一時間以上、一人でヴィトンの列に並ばされたのだった。本店の列よりはマシよ、と井村は悪びれず言い、他のショッピングに出掛けてしまったのだ。智明の忍耐の結果、二人の両手にはヴィトンのゴールドブラウンの紙袋が小物の分も合わせいくつもぶら下がっている。

「ヴィトンはユーロ統一になってから、結局パリが一番安いのよね」

だから、ここで買いだめするというのが井村の持論らしい。思わず智明の口から大きな溜息が漏れる。だが井村はそんなことも気にせずに、足取りも軽やかにブランドの名がひしめく店内を闊歩《かっぽ》する。

「北村君、ここのシャネルには欲しい鞄が入荷してなかったから、今から本店に行くわよ」

「井村さん！　まだ買うんですかっ⁉」

「あら常識でしょ。パリに来て、何も買わずに帰れって言うの？」

「何も買わずにって…ヴィトンこんなに買ったじゃないですかぁ〜」

「シャネルは買ってないわよ。しかもエルメスもまだだわ。寝ぼけたこと言わないで」

真剣にそう言う井村に、もはや智明は返す言葉がない。再び智明は溜息をつくハメになる。その時、ふと誰かの肩があたった。

「パルドン《すみません》」

智明が謝罪を口にした途端、体がふわりと浮かんだ。そのまま大きな手が智明の口を塞いだ。突然のことで思わず手に持っていた紙袋を落とす。

！

何かに担ぎ上げられたと思うと、その物体は物凄い勢いで混雑するラファイエットのフロアーを駆け抜けた。

「北村君！」

井村が気づいて声を上げた時には智明の姿は雑踏に掻き消されていた。井村は呆然《ぼうぜん》とした。だがすぐに我に返る。

「ヴィトン…傷がついてないわよね」

智明も心配だが、智明が落としたヴィトンも心配な井村であった。


ブォォォ…。

遠くで車のエンジンが響いている。軽い重力を体に感じ、智明は目を覚ました。

「ああ、ちょうどよかった。トモ、目が覚めたんですね」

聞き覚えのある声で英語が降りかかってくる。目を擦って正面を見つめると金の髪がきらきらと光った。

「今、レストランに着いたところですよ。夕食でも一緒にいかがかと思いまして」

「君は…」

「アルフォンヌ・デル・ドンペーレです。アルって呼んでいただければいいですよ」

声の主は昨日ローランギャロスで会った少年だった。どうやら車が今、停止したところらしい。黒ずくめの男がドアを外から開けてきた。よく見るとこの車はリムジンだ。

途端、薄ら寒い予想が智明の脳裏に走った。

「君…俺を誘拐したのか？」

「誘拐？　いやですね。僕はトモとカイについて語り合おうと思って食事に誘っただけですよ。多少、強引だったかもしれませんが」

天使のような笑みが少年の顔から零れる。場違いな神聖さだ。

「帰る！」

やっかい事はこれ以上お断りの智明だ。すぐに車から降りようとした。

「僕の名前を聞いても態度が変わらない人間を久し振りに見ました」

少年は細く白い指を優雅に組んだ。

「日本はハエが頭の中で飛びそうなくらい平和ボケしている国って聞いていましたが、本当だったんですね」

教会のフレスコ画からそのまま飛び出てきたのではないかと思われる容姿の少年は少し驚いたように目を見開いて言葉を続けた。

「ドンペーレ一族と言ったら、ちょっとは名の知れたマフィアなんですが…」
マ、マフィア～ッ!!
「か、帰らせてくれっ！」

智明が慌てて車から降りようとするが、ドアの両脇に立っていた男らに腕をガシッと捕まえられる。途端、体が宙に浮く。

「トモ、僕の誘いを断らない方が貴方《あなた》のためだと思います。僕は構いませんが、その男たちが貴方をただでは帰さないでしょうから…」

　少年は残念そうに呟く。だがすぐに楽しそうに笑みを零した。

「あ…でも、そうなるとカイは僕が独り占めできるってことですよね？」

「そんなに簡単に俺はやられないぞっ！」

「え？　簡単ですよ。セーヌ川に事故死を装って、トモを浮かべさせることくらい他愛のないことです。おかしなことを言うんですね」

　アルと名乗る少年は口許を綻《ほころ》ばせた。そこに同じく昨日見かけた男が顔を出した。

「アルフォンヌ様、お席の用意が整いました」

「トモ、さあどうぞ」

　天使の皮を被ったマフィアの手を智明は渋々取るしかなかった。

「俺を無事に帰してくれるんだろうな」

「当たり前ですよ。トモみたいに可愛い人を殺す趣味はありません」

　天使みたいな少年から可愛いと言われても真実味がない。よっぽどこの悪魔の方が顔は可愛いというものだ。

「今夜は寿司《すし》にしてみたんですよ。我がファミリーも外食産業に力を入れていて、このパリでも十数店舗、経営しているんです。ここはそのうちの和食レストランで今、一番僕が力を入れている店なんです」

え？　この少年が力を入れている？

「ちょ、ちょっと待って、君は一体いくつなんだ？」

「こちらでは年齢を聞くのは無作法なんですよ。ま、でもトモの質問ですから答えましょう。今年、十六になりました」

じゅ、十六！　で、レストラン経営かいっ！

思わず眩暈《めまい》がしてくる。智明が十六歳の時は…時は…思い出したくもない。あの人生最大の鬼門に出会った歳だ。

「さ、なんでも好きなものを注文してください。日本とは違ったネタもたくさんあります」

と言われて、はい、ありがとうございます。なんて言える心臓など智明は持ち合わせてはいない。

「いや、俺はそんなにお腹《なか》がすいてないのでお気遣いなく」

「可愛いうえに慎み深いのですね。カイが手元に置きたがる理由がわかります。マスター、適当に握ってもらえませんか？」

少年は慣れた仕草でカウンターの向こう側で寿司を握る壮年の男性に注文をした。男は丁寧に頭を下げると、すぐに仕事を始める。

「カイはやっぱり貴方みたいな方が好みなんでしょうか？　僕もなんとかカイに近づきたいのですが、あからさまに近づくのも躊躇いがありまして…」

「躊躇うほどの奴じゃないと思うけど」

思わず本音がポロリと出る。だが少年はそんな智明の返事に異を唱えた。

「図々しく接近して断られたら、すべてが終わりです。愛とはタイミングです。貴方もこの先ずっと、カイの愛が自分だけに向けられるとは思ってないでしょう？」

智明の息が一瞬止まる。この天使の言葉に考えたくなかったことを気づかされた感じがした。ひやりと背筋を冷たいものが走る。

今まで甲斐が自分を愛してくれているのが当然だと思っていた。それよりもしつこいとさえ思っていた。だけど――。

だけど、それは当然のことではなかったのかもしれない。甲斐に憧れて、でも声もかけてもらえず諦めた人間も数多くいるはずだ。

ファンレター！

智明の胸にまた小さな痛みが走った。あのファンレターは甲斐に憧れたファンたちからの手紙だ。中には一方通行である想いを甲斐に抱いているものも少なからずあるだろう。

胸がジリリと焦げつく。本当は誰も甲斐に声をかけて欲しくないし、手紙も送って欲しくない。もしかしたら甲斐はその中から自分よりももっと気に入る人間を見つけてしまうかもしれないから――。

そのあり得る未来に気が遠くなる。この想いに名をつけるならきっと『嫉妬』というのだ。喉が小さく鳴った。この少年と話を続けたら、被っている仮面が剝《は》ぎ取られそうだった。

「カイに嫌われたら、僕は生きていけません」

ふと少年の呟きに我に返る。少年の瞳は手にするワイングラスに向けられていた。

「そんなに…甲斐が好き？」

智明の問いに少年が勢いよく振り向いた。青い瞳がいきいきと輝いていた。

「好きです、大好きです。確かにトモがいるから一番の恋人にはなれないかもしれませんが

…愛人でもいいから一緒にいたいです」

その言葉に智明の神経がざわついた。だが、昨夜の甲斐の言葉が智明の胸に響いた。

——愛している、と。

その言葉に目を閉じる。他人の言動に左右されてはいけない。甲斐がいつも自分に言って

くれる言葉を思い出そうと懸命に意識をそれに向けた。

「どうぞ、本日のおまかせでございます」

突然、目の前のカウンターにガリと二貫の寿司が乗った。さらにまた二貫並べられる。

「フランス、マルセイユであがったマグロです。日本のものに負けない美味《おい》しさですよ」

カウンターの向こうから、こちらふうに言えば寿司マスターが説明をしてくれる。

「タコもお願いします。今日スペインから空輸したのがありましたよね？」

マスターはアルフォンヌの注文ににこりと笑って応えた。

「このイカも美味しいんですよ。でも本当はこのシソが一番お勧めなんですけどね」

「シソ？」

いい具合に話の内容が変わったので、智明はこの会話に乗ることにした。智明はアルフォンヌが示すイカと一緒に置かれたシソに目をやった。どう見ても普通のシソの葉だ。

「このシソ、わざわざ日本から毎日空輸しているんですよ。だから見かけによらずコストが一番かかっている素材なんです。このフランス国内の寿司レストランで、シソの葉を出すところは少ないかと思いますよ」

「なんでわざわざ空輸するの？」

思わず箸《はし》でシソを摘《つま》み上げてみる。薄いぺらぺらの葉っぱだ。

「種を日本から持ってきて、フランスで栽培しても、どうしてもこのシソにはならないんですよ。土が違うせいか、風味がまったく変わってしまうんです。だから本物の味を求めると、やはり日本から毎日空輸するしかないんですよ」

十六歳の少年はもう立派に経営者の顔だ。素材うんぬんからすべて勉強をしているのだ。

「君って凄いね。人にまかせたりせずに、自分で仕事の内容を把握しているんだ…」

十六だった自分と比べたら、とんでもなく目の前の少年はしっかりしているし、大人びてもいる。だが、褒められたはずの少年は、まるでそれがあり得ないことかのように驚いて目を見開き、小さく呟いた。

「僕の家ではこれが当たり前なのです…」

途端に少年は顔を赤く染めた。褒められたことが恥かしいのであろうか。やっと歳相応の様子が窺える。

「僕の周りの人間は褒めるのではなく、僕にもっと多くの結果を要求してきます。ドンペーレ家の後継ぎならもっと実績を出せ、と」

過剰な期待に翻弄されながらも、彼は一生懸命、期待に応えているのであろう。思わず励ましたくなる。

「みんな口に出さないだけで、心では君を褒めているんだと思うよ。だからそうやって期待してるんじゃないのかな…」

「トモ…」

地中海を彷彿《ほうふつ》させる濃いブルーの瞳を智明に向けたかと思うと、そっとそれを隠すようにして金の睫《まつげ》が伏せられる。

「あ、次はストックホルムで今朝水揚げされたばかりのサーモンですよ」

少年は照れ隠しなのか、すぐに話題を元に戻す。その様子が年齢に相応して微笑ましい。

智明はそのままアルフォンヌに従った。

魚の産地を聞きながら寿司を食べるのも面白い。なんだかんだと話も弾んで、結局、智明はアルフォンヌと夕食を済ませてしまった。後から甲斐に連絡をしていないことを思い出してもすでに手遅れなのは言うまでもない。しかもあんな誘拐紛いな消え方をしていたので、それもマズイ事態に輪をかけているだろうと予測できる。

アルフォンヌが車で送ってくれると申し出た時も智明は電話を探していた。そんな智明の態度に何かを感じたのか、アルフォンヌが声をかけてきた。

「トモ？　どうしたんですか？」

「公衆電話を探していて…。甲斐に電話一本しておかないとマズイ…」

「もっと早く言ってくれれば。この携帯を使ってもらえばいいですから」

渡された携帯ですぐにホテルに電話を入れようとしたが、生憎《あいにく》圏外であった。

「ちょっと外に行ってかけてきます」

智明は腰を上げた。その拍子にテーブルに置いた智明の手にさりげなくアルフォンヌの手が重なる。

「トモ、カイと僕の間を取り持ってくれないでしょうか？　お礼は十分します。お気に入りのトモからの頼みならカイも僕と必ず会ってくれるはずです」

智明を見上げるアルフォンヌの瞳は情熱でしっとりと濡れていた。智明でさえ心を掻《か》き乱されそうな色気を含んでいる。思わず目を逸らさずにはいられなかった。

「お願いです。トモ」

智明はその声から逃げるように目をきつく閉じた。

もしも——。

もしも甲斐がこのアルを気に入ったら…。

考えるだけで全身が冷たくなった。口ではどんなに嫌いだと言っても、時には本当に別れようと思った時があっても、今でも逃げて、逃げて、逃げ切りたいと切望していても——結局は甲斐が好きなのだ。

甲斐に捕らわれている自分に至上の幸福を感じる時さえあるくらいに。

智明の声が震える。

「ご、ごめん。俺には甲斐を君に紹介してあげられない」

「なぜですか？」

「自分でも心が狭いヤツだと思うけど…」

智明は視線をテーブルから少年に移した。少年のブルーの瞳とかち合う。だが視線を逸らせては負けだ。そのまま少年の瞳を見据えて心を決めた。

「…俺は甲斐が好きなんだ。君にも渡したくないくらいに」

智明はそう言うと電話をかけることもあって、急いで店の外に逃げた。頬に熱が集中している。きっと真っ赤になっているに違いない。智明は顔を下に向けながら、急いで店の外に出た。店の外はすっかり夜の帳《とばり》が下りていた。深呼吸をする。日本より随分涼しい外気が肺に入ってきた。

　カチリ。

　嫌な音が耳元で響く。後頭部に固い物が当たった。

「そのまま振り向かずに、前の車に乗れ」

「アルの手下か？」

　智明は後ろを振り向かずに背後の男に問うた。だが返事はない。そのまま車の後部座席に乗せられる。すぐさま後部座席に座っていた男から目隠しをされ、手を縛られた。

　アルの手下だ。

　智明は直感でわかった。有力なマフィアの子息の恋敵だ。彼の願いを聞いてやるなら、まだ生かしてもらえたかもしれないが、こうやって突っぱねた今、智明に残された道は証拠も残さず消されるだけであろう。

　心のどこかで覚悟していたのか、なんだか酷く落ち着いた自分がいる。

　やっぱりこのまま事故死ということにされて、セーヌ川に浮くのかなぁ…。

　本当に最後まで智明に迷惑しかかけない男だった。そんな男のために殺されるなんて…。

　俺も馬鹿だよな。

　智明はそっとシートに深く凭《もた》れた。隣と運転席に人の気配がある。相手は二人なのだろう。

明日の朝刊に智明の事故死が載って。それを甲斐が読んで。甲斐はどう思ってくれるだろうか。ちゃんと非常識なりに悲しんでくれるだろうか。泣いてくれるだろうか。

そう考えているうちに智明の頬が涙で濡れてきた。嗚咽《おえつ》が漏れそうになる。

「ったく、最後まで甲斐のことを思って泣くなんて…俺って本当に馬鹿だ」

日本語で呟いた智明の小さな声は静かな車内に吸い込まれていった。そして意識はそこで途切れていた。何かで口元を覆われたのを記憶に残しながら——。


クスリを嗅《か》がされてからどのくらい経《た》ったかわからない。ふと深い眠りから目が覚める。もう殺されたかと思っていたが、智明はまだ生きていた。目隠しが外され、周りの様子が見て取れる。どうやら廃墟ビルの一室のようだ。

「くそ…ここどこだよ。っていうか、どうせ殺すなら寝ているときに殺して欲しかったよな」

もぞもぞと動いてみる。どうやら腕と足が縛られているだけで、目立った外傷はなかった。閉じられたブラインドから陽が漏れている。少なくとも夜ではないことはわかった。

「ああ、起きたのか」

またもや英語だ。智明は声のした方へ顔を向けた。ドアには一人の男が立っていた。手には何やらトレイを持っている。ご飯？　なんて悠長なことを一瞬思ったが、すぐに思い直す。そこにはいくつもの注射器があったのだ。

「すぐに痛みなんか忘れちまうさ」

「な、何…？」

条件反射で聞いてしまう。本当は答えなど聞きたくもないのに。

「ああ、これか？　最近、欧州の若者の間で流行《はや》っているクスリさ。安くて簡単にトリップできちまうのがウリだ。死人も多いがな」

男はそう言って注射器の一つを手にした。

「タブレットにしようかと思ったんだが、液体を注射器で体内に直接入れちまうのが、即効性があるんだとよ」

智明の体が本能で逃げる。だがすぐに背中が壁に当たる。

「おいおい動くなよ。注射の針が折れたら嫌だろ？」

嫌に決まっているっ！

智明は腹の底から声を振り絞った。

「ドンペーレ家にはプライドがないのかっ！　恋敵を殺して甲斐を手に入れたって、自分の魅力で手に入れたわけじゃないんだぞっ！」

「ドンペーレ家？」

男は不思議そうな顔をして智明の顔を見つめた。

「マフィアがどうかしたのか？」

「あんた、ドンペーレ一家だろ！」

「マフィアなんかになるつもりはないぜ。俺は清廉潔白なヒデキ・カイのファンだ」

はい？

智明は一瞬、自分の耳を疑った。この男はなんと言ったのか、理解が追いつかない。

「秀樹、甲斐の…ふぁん…？」

「そうだ、彼がプロになってからもずっと彼から手紙の返事をもらっている。彼も一目置いてくれるファンの中でも特別なファンだ」

男はそれがまるで国を挙げての英雄であるかのように自慢げに言い放った。途端に智明は頭を抱えたくなった。

手紙の返事って…林さんが代筆頼んで、書いてもらっているやつだよな？

あれ…？

智明は男の顔に見覚えがあった。このゴツイ体といい、この睨みといい、智明が記者たちから逃げる時にぶつかった男だった。

「それが最近カイから手紙が来なくなったと思ったら、お前が操作して俺の手紙を隠していたんだな」

ちょっと待て、それは甲斐が自分から言い出して——が～っ！　結局、アイツが原因かよっ！

智明は瞬時に真の犯人を見出した。おのれっ！　甲斐秀樹だ。

「最初は練習で忙しいから返事が書けないのかと思っていた。だが、あの一昨日《おととい》のインタビュー、俺はしっかりとあの場で聞かせてもらった。ファンとしてインタビューを生で聞くのは基本だからな」

基本なのかいっ！

思わず突っ込みたくなる。

「カイはお前を恋人と言った。それで俺はすぐに理解したね。ああ、カイはこの性悪男に誑《たぶら》かされているってね。それで手紙が来ないことにも合点がいったのさ。お前が全部仕組んでいるんだとな」

ひえ～ってである。智明はあまりにも呆れてものが言えない。思い込みでここまでの犯行に及ぶ男にどう言えばいいのか、言葉も浮かんでこない。

「あの後、お前はすぐにマスコミに緘口令を敷いたみたいだが、俺の情報網を甘くみるな。カイのデータなら全部捕らえることができるんだからな」

いや、それも甲斐に都合のよいデータだけで、本当にヤバイものは全部、甲斐グループによってさっさと確実に闇に葬られているよ、とはこの男に言っても無駄であろう。

「甲斐が全部自分の意思でやってるとは思わないのかよっ！」

「あの気高く汚れのないカイがそんなことやるわけがない」

眩暈がする。メディア操作の危険性をこんな形で知ろうとは思ってもいなかった。

「そのカイを誑《たら》し込んだ体を成敗してやる。そして二度とカイの前に現れないようにクスリ漬けにして売り飛ばしてやる！」

男はそう叫ぶと智明の腕を掴み上げた。男の手には注射器が握られている。だが何かを思い当たったのか、その手が止まった。

「そうだな…。クスリを使う前に素のままお前を犯して、痛みでお前を成敗してやろう。お前相手で勃つかわからねえが、酷くしてやる。その後、クスリ漬けにしてアラブのサド王にでも売ってやるよ」

どれも最悪だ。智明はなんとか逃げようと体を捻《ひね》ってみるが、手と足を縛られては、文字通り手も足も出ない。男の手が智明の腰にかかる。ボタンが弾《はじ》け飛ぶ音と共にズボンが一気に引きずり下ろされる。

「やめろっ！」

「ふん、カイを誑かすだけのことはあって綺麗な肌だな」

男が下劣にも智明の下肢を見て、舌舐《な》めずりした。悪寒が走る。男の舌が智明の鳩尾《みぞおち》を舐める。我慢の限界だった。

「甲斐っ!!」

呼ぶのは、最悪だけど最愛の人の名前。よくも悪くも智明の心をいつも占めるのは彼なのだ。

ピキーン!

何かが金属に当たったような音がする。

「ちっ、外れたか」

言葉が吐き捨てられた。

「か…甲斐…?」

智明は男の背中越しに甲斐の姿を見た。智明にのしかかる男も甲斐に気づいた。

「おおっ! カイ!」

男は組み敷いた智明をいとも簡単に手放し、嬉しそうに甲斐に歩み寄ろうとした。

パン!

音と共に男の頬に一筋の赤い線ができる。

「人の女房に手を出すとは…いい度胸だな」

「カイ?」

「じわじわと殺してやろうか?」

甲斐の手には拳銃が収まっていた。銃口はしっかりと男を狙っている。

「カイ、俺はジョゼフ・クロスキンだ。いつも手紙でいろいろ話したりする…」

　パン！

　またもや銃が発砲される。今度は男の肩を弾が掠《かす》っていく。男の動きが止まった。智明は本当に殺す気でいる甲斐に声を上げた。

「甲斐っ！　やめろっ！　人殺しだけは許さないからなっ！」

　智明の言葉に甲斐は小さく舌打ちをする。それをどう受け取ったのか、男はさらに甲斐に一歩近づき、声をかけてきた。

「カイ、君は騙《だま》されているよ。この男が何を言ったか知らないけど、俺はいつもお前のファンで、お前を応援しているんだ。俺はお前を裏切ったりなんかしてない！」

「うるさい」

　また銃声が響いた。今度は男のズボンに血が滲む。男は体のバランスを崩した。

「お前の仲間は今、下で取り押さえた。手を挙げろ。さもなければ本当に殺すぞ」

「はは…冗談が過ぎるぜ。こんな男のためにヒデキ・カイという男が犯罪を犯して牢屋《ろうや》に入るのか？　いくらなんでも、そんな馬鹿なことはしないだろう」

「そうだな。そんな馬鹿なことはしないな」

　甲斐は高慢とも取れる笑みを零した。

「――このビルの半径五十メートル以内は立ち入り禁止区域にさせた。俺が人を殺しても誰も証人はいないし、握り潰すのも簡単だ。俺が牢屋に入ることは絶対ないから安心して死ね」

その言葉に男の動きが止まる。智明も同様だ。なぜならこのわけのわからない権力のお陰で、智明は高校時代から甲斐の犯罪紛いの蛮行に公的手段が使えた例がないからだ。

「本気かよ。長年の文通相手にそんなこと…」

「俺は冗談は嫌いな男だ」

甲斐の薄ら寒い物言いにさすがの男も両手を挙げた。すぐに男の体を黒ずくめの男らが拘束する。それを甲斐はただ無言で見つめていた。やがて男が縛り上げられると、おもむろに口を開いた。

「林」

「ここに」

ドアの外にはいつもと同じように身なりをきちんと整えた林が立っていた。

「この男を一生監獄から出られないように手配しておけ」

「かしこまりました」

林の言葉に甲斐の双眸が鋭く細められる。

「…場合によっては海に沈めてもいい」

「御意」

林は丁寧に頭を下げると、黒ずくめの男たちと一緒に、男を連れて部屋から出て行った。後に残されたのは甲斐と智明だ。甲斐は無言で智明に近づくと、丁寧に手足の縛めを解き始めた。

「甲斐…」

智明が問いかけても何も反応がなかった。それが一層智明の胸を痛めた。甲斐が、あの甲斐が酷く傷ついているのが智明には手に取るようにわかるのだ。

「ごめん、甲斐。連絡できなくて…ごめん」

解かれた手をすぐさま甲斐の首に回した。甲斐がゆっくりと抱き返してくる。それだけで涙が出そうだった。

「あのガキ、アルフォンヌもたまには役に立つ。あいつがお前に携帯を貸していたから、お前の居場所がわかったんだ。あのガキ、あれでもドンペーレ家の跡取だからな。万が一のためにGPSつきの携帯だったんだ」

「携帯…」

そういえば彼に借りてジャケットの内ポケットに入れたままになっていた。

「甲斐…アルのこと、知ってたの?」

思わぬ繋がりにちょっと驚く。

「ちょっとな…」

言葉を濁す甲斐になんとなく智明は意を得る。よく考えれば二人とも裏の世界に精通していそうだ。それなら公にできないところで繋がりがあっても不思議ではない。

「それより難攻不落の城に姫を勇敢にも助けにきた騎士には褒美はないのか?」

「え?」

擦り寄る甲斐のあそこはすでに臨戦状態だ。固く熱いものが智明の下肢に触れてくる。

「ちょっと待て! こんなところでさかるなっ!」

「下半身丸出しで座っているトモなんて、そそる以外の何物でもないぞ。俺を欲求不満で殺したいのか?」

なんで、とんでもないセリフを吐いているのにこの男はこんなにかっこいいのだろう…じゃないだろ! 俺っ!

智明は己の腐った感想を頭を振って放り出した。

「とにかくダメだっ! 俺は昨日から誘拐されまくって心身共に疲れてるんだ!」

誘拐の前にはヴィトンで一時間待ちという苦行にも耐えているのだ。疲労もピークに達している。

「わかった」

甲斐は大きな溜息をついて、肩を落とした。あまりにも甲斐が素直に引いたので、智明の方が拍子抜けするくらいだ。甲斐はそのまま携帯で電話をかけだした。

「俺だ」

　相手は林らしい。

「ああ…そうだ。トモが恥ずかしがってな…そうだ…五十メートルから百メートルに広げてくれ。二時間は誰もこの区域には入れるな」

　へ？

　智明があっけに取られているうちに甲斐はさっさと携帯を切った。

「インターポールに頼んで立ち入り禁止区域を半径百メートルに広げる手配を取った。お前のために今回は何度もインターポールの世話になってしまったな。ま、でもこれでお前も気兼ねなくセックスできるだろ？　疲れを癒すのはやっぱり、恋人との最高のセックスだからな」

「はぁ〜っ!?　お前、何を言って…！」

「愛してるよ、トモ」

　そう言って甲斐は智明の晒《さら》していた下半身にぱくりと食いつく。

「お前っ！　試合は？　全仏の試合！」

「棄権した」

　目の前の男はなんでもないように呟く。

「棄権したって…なんでっ！」

「そんなこと聞くのか？　お前が一番大事だからに決まっているだろ」

甲斐のその言葉に智明の心臓が止まりそうになる。

「か、い…」

「なんだ、お前、俺に試合の方が大事だと言われたかったのか？」

不服そうに自分を組み敷く男が聞いてくる。慌てて智明は首を振った。その様子を見て甲斐の表情が少し緩んだ。

「さすがに今回は俺の心臓も止まるかと思った…あまり心配させるな…」

頬を撫でながらそう囁く甲斐の言葉に、智明は不覚にも涙を零してしまった。今さらながら『愛している』という言葉が胸に染み込んできたのだ。

「ごめん…ごめん、甲斐…」

「泣くな。お前に泣かれるのが一番辛い」

甲斐の大きな手がそっと智明の背に回される。そのまま抱き上げられ、前を緩く扱かれる。途端に甘く蠢《うごめ》く熱が駆け抜ける。

「ああ…ん」

智明の濡れた声がすぐに漏れた。その声に甲斐は満足そうに笑みを浮べた。

「…待たせたな、トモ…」

そして智明を甘く穿《うが》ちながらも、試合よりも智明の方が大切なのだと、何度も智明に言い聞かせたのだった。

「若、お父君から連絡がありまして、今回の件もありますので、一度インターポール事務局長、ピエール様にご挨拶《あいさつ》に伺うようにと仰せでした。…しかし智明様が戻られて、本当にようございましたね…」

ホテル・ド・クリヨンのスイートルームの一角で、林が小さな目をさらに細め、涙した。

「智明様が誘拐されてから、若は寝ずに行方を捜されておりました。そのお姿にこの林も胸が潰れる思いで過ごしておりました」

林はポケットからハンカチを取り出し、涙を拭《ふ》いた。

「ですが、今回のことも含め、本当に若の素晴らしさには毎度感服いたします。あの行動力、統率力。まさに甲斐グループにはなくてはならない逸材でございます。若の非凡な成長ぶりを間近で拝見できるこの喜び。この林、本当に幸せな人生でございます」

また林のビバ☆若様論が始まった。智明は乾いた笑いを零しながら、視線を目の前に座る先輩編集者、井村に向けた。林とは違って井村の瞳は眇《すが》められていた。それだけでもかなりの迫力がある。何もなくても謝ってしまいたくなるくらいだ。

「で、甲斐さんの全仏棄権は北村君のせいなのよね？」

井村の声が溜息と共に吐かれる。

「すみません…」

棄権した今朝の試合の相手は優勝候補のマーヴェリーだった。なんとも惜しい試合だ。

「構わない。トモが無事ならそれが一番だ」

だが当の本人の甲斐はいたって平然としている。

「甲斐さんが体調不良を原因に挙げてくれなかったら、北村君のところには世界各国からワラ人形が届くところだったわよ。ホント、甲斐さんに感謝しなさいね」

ワラ人形が世界各国にあるかどうかは別にして、智明は甲斐と井村に再び謝った。

「しかしジャパンスポーツには悪いことをしたな。もしそちらにその気があれば、このまま全英も密着取材を受けることを約束するよ。今回の記事じゃ少ないだろ？」

「まあ、いいんですか？　きっと社長も喜びますわ！」

智明自身もこんなに迷惑をかけた後ではこの申し出に反対する気も失《う》せる。

全英だろうが全米だろうがどこでも行かせていただきます…。

「トモも今回のフランスではゆっくりできなかったしな」

傍らに座る智明の髪をくしゃりと摑む。それだけでもさっき抱かれたばかりの体が甘く疼く。一瞬、甲斐の目が細められる。その痺れに耐える智明を見るのが、今現在の甲斐の楽しみなのだ。本当に性質《たち》が悪い。

「でも本当に私も大変だったのよ。北村君は急にいなくなるし、ヴィトンは一人で持って帰らなきゃならなかったし、もう心配したんだから」

「井村さん、なんだか俺とヴィトン、同列になってる気がするんですが…」

「そうよ。それだけ北村君が大切ってことを言ってるのよ」

「そ、そうですか…」

笑うしかない。

「ああ、もう飛行機の時間だわ。今からスペインに行かなきゃならないの。じゃ、北村君、密着取材、頑張ってね。期待してるわ。ちゃんと記事、会社に送るのよ！　それから甲斐さん、いろいろとお世話になりました」

井村はせわしなく部屋から出て行った。彼女と擦れ違いにスーツを着た男が部屋に入ってくる。そのまま林に耳打ちをした。林はそれに無言で頷き、ゆっくりと口を開いた。

「若、先ほどからアルフォンヌ・デル・ドンペーレ様がお待ちになっているそうです」

「え？」

智明の胸に一抹の不安が過ぎる。甲斐との仲を取り持ってやることを断ったのだが、アルフォンヌはとうとう自力で甲斐に接触を図りにきたのかもしれない。知らず知らずのうちに智明の拳に力が入る。どうやってアルフォンヌに接しようかで、頭が一杯になった。

「お通ししてもよろしいでしょうか」

「俺は用がない。帰ってもらえ」

「それはないじゃないですか？　カイ」

いきなり二人の間に入ったのはあの天使の如き容貌の少年、アルフォンヌだ。

「ハイ、トモ。相変わらず可愛いですね」

智明の決意とは裏腹にアルフォンヌはにこやかに智明に挨拶をしてきた。しかも手の甲にキスまで落としてくる。だがその智明の手を甲斐がかっさらう。

「人のものに手を出すな、アル。しかもアポイントも取らずにやってくるとは図々しいにもほどがあるぞ」

「貴方と僕の仲でアポイントもないでしょう。それより、シエナの大理石の取引の件。ドンペーレ家にまかせてくれるんですよね、カイ」

「こちらの出した条件がクリアできなかったんだ。他を探す」

智明を挟んで交わされる会話を耳にしながら、なんだか智明が思っていた状況と違うことに気づく。智明が仲介しなくとも二人共、十分顔見知りのようだ。嫌な予感がする。

「ですが、僕がトモの誘拐先を割り出したんですよ。僕がいなければトモはまだ捕らわれていたかもしれない。もしかしたら今ごろは生きてなかったかもしれませんよ。そうなると、僕はトモの命の恩人ってことになりますよね」

甲斐の顔が忌々し気に歪む。アルフォンヌに一本取られた、ということだ。

「クソッ、手数料は二%だ」

悔し紛れに甲斐が吐き捨てる。だがその言葉を少年は涼しい顔で受け止めた。

「三%ですね。トモの命の価値ですから」

「ったく、心臓に毛が生えたガキだな」

「お褒めの言葉だと受け取っておきますよ。それから――」

少年は薄いピンク色に染まった口端を上品に持ち上げた。

「それから、そちらが出した条件、僕では叶《かな》えられそうにもありません」

甲斐の眉《まゆ》が不穏に跳ね上がる。

「僕がカイを狙っているふりをして、トモに妬きもちをやかせるという条件でしたね」

今度、眉が跳ね上がったのは智明だった。

「何っ？」

傍らに座る甲斐に振り向く。だが甲斐はすでに立ち上がって智明のパンチが届かない安全圏に逃げていた。そのすばしっこさに智明の舌打ちが鳴る。

「お前、俺にはファンレターも受け取らないなんて殊勝なことを言ってたのに、どういうことだっ！」

「いや、それはトモを喜ばそうと思って…」

「喜ぶどころか、結果的にはえらい迷惑を被ったんだぞっ！　お前だって結果的には…試合を棄権しなきゃならなくなったし……」

それが智明にとって一番悔しい出来事だ。悔しくて甲斐の胸を叩こうと手を上げた。

「そうです。トモ」

甲斐を叩こうとして振り上げた手を、白い綺麗な手が包み込む。アルフォンヌだ。

「こんな男は見捨てるべきです。トモ、僕の方がずっと貴方を幸せにできますよ」

「へっ？」

思わずアルフォンヌの顔をまじまじと見つめてしまう。

「今回、貴方に会って、初めて愛という言葉を知ったような気がします。トモ、愛してます。僕と一緒にイタリアに行きませんか？」

な、なんですと〜っ⁉

口はパクパク動くが声が出てこない。酸素過多で眩暈がしてくる。いや、この少年の言動で眩暈がするのかもしれない。

「このマセガキがっっ！」

甲斐がアルフォンヌの手を振り払う。目にも止まらぬ早さだった。さらに気がつくと智明の体はすっぽりと甲斐の胸の中に収められている。見事な早業だ。アルフォンヌは少々不満そうに表情を歪めながら呟いた。

「僕はセックスには自信があります。こんな男よりも、ずっとトモを心身共に満足させてあげられますよ」

天使がそんな淫らなことを言っていいものだろうかっ？

「はん、トモは俺の大きいモノを毎日咥えているんだ。お前みたいなガキが挿入したってガバガバのペコペコだっ！」

「か、甲斐っ!!」

この男は…この男は、なんてことを言うんだっ！

怒りで全身の熱が一気に上昇する。こんな奴とはやっぱり別れるべきなのだ！

智明はばたばたと甲斐の腕から逃げようとするが、甲斐はますます腕の力を強める。絶対逃がさないつもりらしい。

「シエナの取引が無事に終了したら、アドリア海に沈めてさしあげますね」

アルフォンヌは物騒なことを優雅な笑顔で言い放つ。それがかえって恐ろしい。だが甲斐も負けてはいない。女性なら卒倒しそうな男の色気に満ちた笑みを余裕で浮べた。

「はん、俺をそんなに簡単に殺せると思うなよ。お前こそせいぜい夜道には気をつけるんだな…エロガキが」

右に甲斐グループの三男坊。左にイタリアンマフィアのご令息。

人生をフライトにたとえるなら、まさにエアポケットにハマって天井に顎をぶつけ、失神したという感じだ。

なぜなんだっ⁉

俺は全仏の密着取材に来ただけだぞ。それが何がどうなって、こうなるんだっ‼

もはや智明には問うしか道がなかった。だがもちろんこの問いに答えてくれる者は誰一人としていない。いるわけがない。智明の心の叫びは、遠く闇の彼方《かなた》に消えていくしかなかった。

嗚呼《ああ》、人生最凶のパリ――。

最~~強~~凶の出会い

ある月曜日、北村智明《きたむらともあき》は朝から微妙な不幸に見舞われ続けていた。

まずは学校に出掛けようとしたら玄関の前を黒猫が横切って、その猫に足を引っかけそうになった。そしていつもは信号無視をして渡る横断歩道に、なぜか今朝《けさ》は婦警さんが立っていた。仕方なく信号を待ったら、電車に乗り遅れてしまい、結局学校に遅刻したのだ。お陰でかったるい全校朝礼に出なくて済んだが、朝の売店に出遅れ、大好きなコロッケパンをゲットし損ねてしまった。なんとも微妙に嫌な感じがする朝である。

「おいおい、今朝の転校生、見たか？」

三限目が終わって、智明がコロッケパンならぬクリームパンを頬張《ほおば》っていると、後ろからダチの一人、三山孝彦《みやまたかひこ》が声をかけてきた。

「てん、こうへい？」

「トモくん、食べながらしゃべるのはやめようね。あんたがやると可愛《かわい》いすぎるから」

その言葉に智明の目が物騒に眇《すが》められる。だが三山はその表情の変化にまったく無頓着《むとんちゃく》に話を続けた。

「その気になりゃ、学校のアイドルだって夢じゃないのに」

「どの気になればだ？」

ぐしゃり。クリームパンが入っていたビニールの包みが智明の手によって握り潰《つぶ》される。

「お前、殺されたいか」

「トモくんなら殺されても本望かな」

「なら、死んでくれ」

バキ。

智明の鉄拳《てっけん》が飛ぶ。三山の大袈裟《おおげさ》なくらい大きな悲鳴が教室に響き渡る。だが誰《だれ》も止める者はいない。こんなのはこの二人にとって日常茶飯事なのだ。いや、智明に殴られる男は一日一人は存在するのだから、さして珍しいことではないからかもしれない。みんな見て見ぬふりをする。

智明は可愛い顔をして、結構言動が乱暴であった。だがそのギャップがなんとも素敵♪なんてのたまう馬鹿者がこの学校では後を絶たないのである。

そう、学校。それが問題であった。この、都下でも有名な進学校、私立照葉《しょうよう》高校は男子校！　なのである。なのに、智明はもててしまうのだ。智明の生足で一本はヌけると豪語する男が何人も存在するここは智明にとっては貞操をかけた戦場であった。

ここに入って、初めて自分が男にもてるらしいことを知った智明は今さら転校するわけにもいかず、怒りで震える拳を、「ここで三年間、我慢すればいいんだ！」となんとか宥《なだ》めすかしている。そうやって智明は入学して半年間、納得のいかない環境に身を置いているのだ。

「で、転校生がどうしたんだ？」

気を取り直して智明は三山に尋ねた。

「お前、朝礼出なかったから知らないかもしれないけど、すっげぇ御曹司らしいぞ」

「御曹司？」

聞き慣れない言葉に首を傾《かし》げる。その智明の反応に気をよくしたのか、三山はさらに言葉を続けた。

「なんでも大きなグループのご子息らしいぞ。アメリカで高校課程を全部済ませちまったらしいんだけど、親の方針で日本で普通の高校生と接触させたいみたいで、この学校に入ってきたんだと！」

なんだか別世界の話だ。とても智明がお近づきになれるような人種ではない。

「でさ、そいつがまた悔しいことにかっこいいんだ。いるんだね〜、金持ちで顔も頭もいい奴」

進学学校として名高い照葉高校に、一年生といえども九月に転入してくるのだから、相当頭がいいのだろう。何しろ高校の課程が全部履修済みだというし。

智明は滅多にいない人種にちょっとだけ興味が引かれた。

「なんていう名前なんだ？」

「えっと…甲斐《かい》なんて言ったかな〜。あ、今年からプロテニスプレイヤーになったとか、校長が言ってたような…」

「甲斐秀樹《ひでき》っ!?」

智明は思わず席を立ち上がって、三山の襟首を摑《つか》んで叫んだ。

「あ、そうそう甲斐秀樹、ってなんでトモが知ってるんだ?」

そのまま三山の襟首を摑んでいた手をパッと放す。手が震えているのだ。心臓だってドキドキして鼓動がおかしい。

甲斐秀樹。それは智明が注目している、アメリカを拠点に活躍中の新人テニスプレイヤーの名前であった。智明は子供のころからスポーツ全般が大好きで、毎晩深夜にやるスポーツニュースやBSチャンネルのスポーツ中継などはこまめにチェックしている。だから一般的に、日本ではあまり人気のないスポーツや選手名などを結構知っていたりするのだ。この甲斐秀樹は日本人離れした体格とパワーで、世界にも通用するテニスプレイヤーとして注目されている選手であった。まだプロデビューしたばかりなので、ATPランク(世界ランク)が低く、テニス熱が高くない日本においてはあまり有名ではないのが悲しいところだが、智明のお気に入りの選手の一人であることには間違いがなかった。

「信じられない…」

緊張で声が掠《かす》れる。さらに心臓の鼓動が激しくなり、鼓膜に響いて痛いくらいだ。

「トモ、新聞部なんだから、これから彼の取材とかできるんじゃない?」

その言葉にボッと頬が燃える。なぜか急に体温が上がったみたいに全身が熱くなる。

「もしかして、トモ、お前って本当にそっちの人だったの…か？　もしかして甲斐ってトモの好みとか？」

その三山の問いに天へも昇るような思いだったのが、一気に奈落《ならく》の底に突き落とされたような気分になる。

「お前、もう一回死にたいか？」

バキッ！

三山は本日二度目の鉄拳を食らうハメになった。

とにかく昼休みのその教室は見物客で溢《あふ》れ返っていた。誰もが、突然編入してきたなかなかお目にかかれないイイ男を見に来ていたのだ。智明も意味は違うが、甲斐秀樹を覗《のぞ》きに二つ隣の教室へ出向いていた。教室の戸口に立って盗み見る。

「すっげえ、足、なげぇ」

見物客からそう評された目的の男は教室の真ん中に座っていた。大勢のクラスメイトに囲まれながら、談笑している。

グレーのブレザーにグレンチェックの濃いグレーのズボン。結ばれたネクタイはエンジ色の、どこにでもある普通の制服だ。だが甲斐が着ると同じ制服であるはずなのに、どこかのブランド物にさえ見えてしまう。

う、うわっ、本物の甲斐秀樹だ！

もう姿を目にしただけで、智明は膝《ひざ》がガクガクしてきた。コートの上、しかも写真でしか見たことのない甲斐が、自分と同じ制服を着て間近にいるのだ。拝んでしまいたいくらいだ。

テニス部に入るんだろうな…。そうしたら甲斐のプレイが生で見られるんだ。

今朝からの微妙な不幸はこの大きな幸運が到来するための帳尻《ちょうじり》合わせだったに違いない。

智明は己の幸運を嚙《か》み締めずにはいられなかった。

「若っ！」

突然、背後から声がかかる。スーツできちりと身を固めた壮年の男性が大きな包みを手にし、教室へ走り込んできた。

智明の視線が甲斐からその男に移る。

「若、いえ、秀樹様。お弁当でございます。遅くなりまして申し訳ありません」

男は深々と頭を下げて大きな包みを甲斐の机の上に置いた。

「いい、林《はやし》。皆でパンを食べた。日本の菓子パンもなかなか捨てたもんじゃなかったぞ」

智明にとったらなんでもないその甲斐の言葉に、その男性は突然、涙を零《こぼ》し始めた。

「申し訳ございません。ここが食堂を完備していなかったことを知らなかったのは、私の調査不足でございます。若に菓子パンでお昼を済まさせたなどと…この林、一生の不覚でございますっ！」

はい？　この仰々しい会話はなんだ？

「構わない。日本の菓子パンは美味《おい》しかったぞ」

こ…こいつ、どんな生活送ってたんだ？

智明が疑問を抱いていると、教室の中では甲斐のお弁当を皆で食べようという話が進んでいるようだった。甲斐は快くそれを承諾し、弁当を持ってきた男性に正月のおせちよりも豪勢な数段のお重に入った弁当を開けさせた。見物に来ていた生徒の誰もが豪勢なお弁当を見ようと、後ろから押し寄せる。

「うわっ…」

心の準備ができていなかった智明は押される力に負けて、その教室に転がり込んでしまった。

げっ！　超恥ずかしいっ！

慌てて立ち上がろうとして顔を上げると、教室の中央にいた甲斐と目が合ってしまう。余計顔が真っ赤になる。

うわっ！　俺、やっぱり今日、運が悪いっ！

穴があったら入りたいとは、まさにこのことだ。動揺して智明があたふたしていると、甲斐の視線が意味ありげに細められる。その行為にまた智明の緊張が極限にまで達する。

ああ、俺って最低！

全身冷や汗でびっしょり濡《ぬ》れる。慌てて逃げ帰ろうとすると背後から声がかかった。

「君も一緒にお弁当食べるかい？」

「え？」

思わず智明は振り返る。甲斐は先ほどとは違って友好的な笑顔で智明を見ていた。

「お弁当、たくさんあるんだ。君もどうだい？」

「え…っと」

智明が返答に困っていると突然後ろから腕を引っ張られた。

「トモ、ったく、こんなところで何してんだ。次は体育だぞ。今日は俺たちの班が準備当番だろ。高飛びなんだからさっさと行こうぜ。早く着替えないと間に合わないぞ」

それは三山だった。険しい顔をして智明の腕を握っている。だが智明にとっては地獄に仏だった。

「さ、行くぞ！」

強引に引っ張る三山に感謝しながら、智明は甲斐に軽く頭を下げて、教室を脱出することに成功した。

「今の子、誰？」

智明の姿が教室から消えると、甲斐は周りにいるクラスメイトに尋ねた。

「B組の…えっと、北村だったかな。俺たちはD組だから、あまりB組とは接点ないよ。合同授業があってもC組とだし」

その答えに甲斐はさして興味もなさそうに、ふーん、と頷《うなず》いた。そして人のよさそうな笑顔でさらりと言う。

「ところで、五限目だけ、誰か窓側の席の人、俺と替わってくれないかなぁ。ちょっと気分が悪いから風に当たりたいんだ」

もちろん、その言葉に、甲斐に気に入られようとしている輩《やから》は快く承諾をしたのだった。


「一メートル五十、クリア！」

その言葉に皆がおおっ、と声を上げる。智明は倒れ込んだマットから身を起こすと、その記録にガッツポーズを見せた。

「お前、やっぱり新聞部はもったいない。陸上部に入って走り高跳びをやるべきだ」

クラスメイトで陸上部員の益田《ますだ》が智明の肩に手を回し、勧誘してくる。

「やだよ。俺、新聞部のスポーツ欄に命賭《か》けてるんだから」

智明は片手で肩に回されている益田の手を払う。

「お前が入ると部員も増えると思うし、見学者も増えると思うんだけどなぁ」

その言葉に智明の動きが止まる。毎回、こんなことで怒っていては埒《らち》があかないのだが、黙って聞き流すほど智明もまだ人間ができていないのだ。

「なんで」

「その綺麗《きれい》な足が晒《さら》されるんだぞ。女子のいない高校に入学してしまった男共の心の潤いじゃないか」

予想通りの回答に智明の鉄拳が飛ぶ。

「いってぇ。いいじゃないか、俺たちにボランティアしたってバチは当たらんぞ」

「なんで、俺がお前たちの心を潤わさなきゃいけないんだ！　他《ほか》を当たれっ！」

「そうだ、そうだ。益田、欲を出しちゃあいかん。俺たちはトモと同じクラスなんだから、他のクラスの奴らと違って、体育の授業でトモの生足が間近で見られるんだぞ。修学旅行だって一緒の風呂《ふろ》に入れるんだぞ。これ以上望んだらバチが当たるってもんだ」

横から口を挟んできたのは三山だ。だがその言葉も智明には納得いくものではなかった。

「お前たちは俺をなんだと思ってるんだっ！」

「アイドル」

「夜のおかず」

ナヌ？

「益田、それは正直に言いすぎっしょ。トモくん、びっくりしてるよ」

と、三山が益田に笑いかける。智明の肩がわなわなと震えた。

「きさまら…許さん」

「ぎゃ～、トモくんが鬼になった～！」

逃げる三山と益田に智明の鉄拳が届こうとした瞬間、体育の教師、クマ公の声が響いた。

「そこ、うるさいぞっ！　測定の邪魔だ。校庭十周、走ってこいっ！」

「げ～っ！」

三人ともクマ公に振り返る。クマ公の指は校庭を指差していた。

「走ってこなかったら、二学期の筆記テスト、受けさせてやらんからな」

その言葉に、三人は脱兎のごとく陸上用の長距離トラックに向かって走っていった。

その三人の姿を一人の男が見ていた。甲斐は五限目の間、D組の教室の窓からずっと智明を見つめていたのだ。

「北村かぁ…」

そうして楽しそうに智明の名前を呟《つぶや》いたのであった。


本日最後の授業が終わり、本来なら智明はこのまま直行で新聞部に顔を出しに行くのだが、体育で校庭を十周も走ったお陰でどうにも腹が減って、売店に寄り道をしていた。

「え、ガムしかないの？」

放課後の売店は出遅れると悲惨だ。食べ盛りの高校生の胃袋をなんだと思ってるんだ！と怒鳴りたくなるくらい何もない。

「どうしても欲しい人は昼前に予約してくれると、取り置きするか、業者に発注しておくかするんだけどねぇ」

その言葉に智明は歩いて十五分のところにあるマックしか空腹を満たす術《すべ》がないことを悟り、往復三十分かけて買いに行く覚悟をした。

「あの…北村様？」

ふいに後ろから声をかけられる。聞き覚えのない声だ。しかも「様」づけで呼ばれるなんて滅多にないので、智明は慌てて振り返った。

「北村…智明様でいらっしゃいますね。失礼かと思いましたが、お名前を調べさせていただきました」

そこには昼休みに見かけた壮年の紳士が、温和な笑みを浮かべて立っていた。

「あなたは？」

「林と申します。若…いえ、秀樹様の世話をまかされております家人《けにん》でございます」

家人…今時聞かない言葉だ。思わず智明は後退《あとずさ》る。

「お見受けしたところ、何か食べ物をご所望のご様子。今、秀樹様のところに軽食をお持ちしたところですので、ご一緒にいかがでしょうか？」

と、にこやかに笑っていながら、智明の腕を摑んだ力はちょっとやそっとでは逃げられない強さだ。

「いいえ、俺なんかがお邪魔したら悪いですから…」

「いいえ、秀樹様がぜひ、智明様もご一緒に、と申しておりますので、何がなんでも行っていただかないことには困ります」

林の言葉尻を智明は聞き逃さなかった。動きを止める。

「どういうこと？」

智明の問いに今度は林が動きを止める番になった。そしてしばらくすると、その細い目一杯に涙を浮かべだした。

「え？　え？　林さんっ」

「申し訳ございません…」

林はそう謝るとポケットから綺麗にアイロンがけされた白いハンカチを取り出し、目頭を押さえた。そしてひとしきり涙を拭《ふ》くと、智明の手を握り締め、語り始めた。

「若はお小さい頃から一般のお子様とは離されてお育ちになりました。あの通り、容姿も家柄も頭脳も何もかもが完璧《かんぺき》でございます。ただ、英才教育の落とし穴とでも申しましょうか。同年のご学友がおいでにならないのです。アメリカでは一流の先生方に囲まれてお育ちになりましたので、若は友情を知らずに育って参りました。それを憂えたご両親が、アメリカでこのまま大学に入る前に普通の高校生と接させようと、この日本の学校に編入させたのですが…」

またここで林はハンカチで涙を拭った。何がこの男性をここまで泣かせるのか智明にはさっぱり見当がつかない。ただ黙って話を聞くしかなかった。

「初めて…ああ、初めて若が同年のご学友として、智明様をご所望になったのです。この林、若がご学友をお作りなる日を長年、夢見ておりました。本日はその記念日なのでございます」

「記念日って…俺、あいつのこと全然知らないけど…」

「誰でも最初はまったく知らぬところから始まるものでございます。智明様が若とお友達になる気がおありになるなら、ぜひご一緒に」

智明には、はあ…としか頷くことしかできなかった。どうやらこの人たちは本当に智明にとって別世界の人たちらしい。

「ささ、遠慮なさらずにどうぞこちらへ。応接室を準備させておりますので」

「応接室って、学校の?」

「はい。本日はテニス部の部長様も後でおみえになるとのことですので…」

「はあ」

学校の応接室を私用で使えるのはさすがは大金持ち！　というところなのであろう。

智明は腹がすいていることもあって、思考があまり働かず、林に促されるまま応接室へと足を向けた。だが応接室に近づくにつれてどんどん意識がはっきりしてくる。

俺、甲斐秀樹と何かまともな話ができるのか？

さきほどまで正常だった心臓がまたおかしな動きをし始めている。

どんな話をしたらいいんだ？

甲斐とはまったく接点がない。あるとしたらテニスの話くらいだ。だがあっちはプレイヤー、こっちはただの観客。イマイチ接点とは言えない。どんどん応接室の距離と反比例して不安が大きくなる。とうとう応接室のドアの前までやってきてしまった。

「林さん、俺、やっぱり…」

と言いかけるや否や、林は計画的犯行なのか、智明の言葉を無視してドアを開けた。開けた瞬間、甲斐の顔が視界に飛び込んでくる。もう逃げられなかった。

「若、智明様をお連れしました」

「ご苦労だった。林、下がっていいぞ」

「はっ。さあ、智明様、中へどうぞ」

林の後ろに隠れていた智明を、林が背中を押して応接室に無理やり押し込む。途端、智明に朝からの微妙に嫌な感じが蘇《よみがえ》ってきた。

「待ってたよ。北村君」

ソファーから立ち上がって甲斐が手を差し伸べてくる。綺麗な長い指だ。思わずその手を取っていいものかどうか悩む。智明は救いを求めるように後ろを振り返った。だが、すでにドアは閉められていた。智明がどうしようかと思っているうちに強引に手を引っ張られる。

「トモ、と呼んでもいいか？」

「え？　別にいいけど…」

いきなり相手のペースに飲まれる。そのまま手を引かれ、ソファーに座らされた。机の上には紅茶と、スコーンやケーキ、サンドウィッチがセットされた豪華なアフタヌーン・ティーが用意されていた。思わずゴックンと喉《のど》が鳴る。

「さ、食べろよ。トモと友達になった記念に用意させたんだ」

へ？

思わず甲斐の言葉に振り向く。俺たち友達なのか？　と突っ込むことも憚《はばか》られ、口ごもる。

甲斐も甲斐で、そんな智明を無視してさっさと言葉を続ける。

「ここのスコーンはなかなか味がいい。こうやってジャムとクロテッドクリームを塗って…」

甲斐が説明をしながらスコーンにジャムやクロテッドクリームを塗る。そして出来上がると、はい、と言って智明に手渡してきた。

「あ、ありがとう…」

智明の言葉に甲斐はこの上もなく幸せそうに微笑《ほほえ》み、その綺麗で細長い指を智明の髪に絡ませてきた。

「ひっ…」

思わず声が出る。

「どうした？」

甲斐は意外そうに智明を見つめてきた。邪気はなさそうな目に、智明はこの学校に来てから植えつけられた被害妄想に溜息《ためいき》をついた。

俺もこの学校の悪癖に染まってるな…。男に髪を触られたくらい、どうってことないのに。甲斐はアメリカ育ちだからスキンシップは日本人より親密だろうし…。

智明はそこまで考えて、甲斐の顔を再び見上げた。

「ごめん、ちょっとびっくりしただけ。それよりこれ、食べていい？」

「ああ、どうぞ」

甲斐はにっこりと笑って智明の髪の毛から指を離す。智明は取りあえずほっとして、手に持っていたスコーンにがぶりと食いついた。食べたことのない物だったが、なかなか美味しい。自然と笑顔が零れる。

「美味しいか？」

甲斐が遠慮がちに聞いてくる。

「美味しい！」

「こっちのサンドウィッチも食べるか？　中味はきゅうりだが、なかなか美味しいぞ」

そう言って皿ごと智明に差し出してくる。智明は急いでスコーンを口の中に押し込むと、サンドウィッチを手にした。だがふと横を見ると、まだ甲斐が何も食べていないことに気づく。

「あ、甲斐は食べないのか？」

「ああ、後から食べるよ。今はトモのその可愛らしい口が食べ物を咥《くわ》えてる姿を見ている方がぞくぞくして楽しい」

また変な日本語だな、と智明は思ったが、何しろアメリカ帰り。外国人とのつき合いがない智明にとって、甲斐は最初の外国人みたいなものだ。感性がちょっと変でもそれがアメリカでは普通なのかもしれないと納得することにする。

「じゃ、遠慮なしで食べるからな」

智明はニコニコと自分を見つめる甲斐をよそに目の前の軽食に意識を集中させた。

一通り食べた頃、甲斐がまたぽつりと呟いた。

「本当にトモはどこもかしこも官能的だ」

「へ？　官能的？」

今の状況にとても当てはまらない単語に疑問を抱き、傍らに座っていた甲斐を見上げた。

「俺を食べてくれって言われてる気がする」

そう囁《ささや》く甲斐の顔がすぐ目の前にある。あまりの至近距離に動くこともできなかった。そのまま甲斐の顔が智明の顔に近づく。思わず目を瞑《つぶ》りたくなる距離に来た時、温かく湿った感触が智明の唇に生まれた。

「な、何…っ！」

甲斐は智明の唇をペロリと舐《な》め上げたのだ。

「唇にクリームがついていた」

「だだだ…だからって」

だからって、舐めることないじゃないか〜っ！！

と心の中では叫んでいるのに、声が喉から出てこない。智明は一瞬で身構えた。

「どうしたんだ？　トモ」

だがこの男は智明の警戒の意味がわからないのか、本気で首を傾げてきた。

これもアメリカ流、スキンシップなのか？

智明の警戒心も緩んでくる。だがそれを見計らったかのように甲斐の手が智明の頬を包み込んできた。逃げ遅れる。

「もしかして、俺が怖いのか？」

男の少し濡れた瞳が色っぽい。甲斐は男から見てもかなり、いや完璧に顔のいい男だ。そんな男の顔が自分の目の前にあるのだから、さすがの智明も何やら恥ずかしさで、顔が火照《ほて》ってくる。だが、そんな顔を赤く染める智明の顔も、これ以上ないほど艶《つや》を帯びていることは本人だけが知らない事実だ。

「大丈夫だ。怖くない」

そう言って肩に手を回されたと思ったら、一気にソファーに押し倒された。上から甲斐が見下ろしてくる。その目はまるで野生の猛獣が獲物を手に捕らえた時の高揚感を漲《みなぎ》らせているようにも見える。それと同時に壮絶に男の色香を発してもいた。男に興味のないはずの智明の心臓さえドキドキさせるほどに、だ。

「あ…」

智明の口から小さな声が漏れる。

「友情と愛情、どう違うんだろうな」

甲斐が楽しそうに呟く。こんなににこやかな顔なのに、恐ろしいと感じるのはなぜだろう。

智明はそう思った瞬間、身の危険を感じた。

「か、甲斐っ…」

その時である。突然、ドアがノックされた。智明の心臓が緊張で止まりそうになる。こんなところ、誰にも見られたくない。

智明は慌てて起き上がろうとしたが、それを甲斐の体によって阻止されてしまう。甲斐は智明を組み敷いたままの体制でノックに応《こた》えた。

「甲斐っ！」

智明は甲斐を制止しようとしたが、もう遅かった。ドアが開けられ、林が入ってきた。

「若、テニス部の部長様がお見えになりましたが……」

「あと一分、待っていてくれ」

「かしこまりました」

林は丁寧に頭を下げ、そのまま応接室から出て行く。まるで甲斐と智明のこの状況が目に入っていないかのようだ。普通、男が男を押し倒しているシーンなど目撃したら、少しは驚くというものではないか。だが、あの紳士は平然と甲斐と智明を受け入れていた。

もしかして、これもアメリカ式、過剰スキンシップ？

頭の奥では『そうだ、そうだ』と頷く自分と『馬鹿、違うに決まってるだろっ！』と叱咤《しった》する自分が混在している。そんな混乱した智明を甲斐は軽々と抱え上げ、ソファーに座り直させた。

「野暮用だ。すぐ済むからトモはここにいてくれ」

そう言って、智明の乱れた制服をかいがいしく直しながら、こめかみに優しくキスを落としてきた。

「ななな、お前っ…」

智明が抗議しようとしたその時に、ドアのノックと共に林が顔を出した。

「若、そろそろよろしいでしょうか」

「ああ、構わない。通してくれ」

甲斐は智明の抗議をまったく聞くつもりはないのか、さっさとテニス部の部長を迎え入れた。

「こんにちは、甲斐君。今日は忙しいところ、手間を取らせて申し訳ない」

そう言って応接室に入ってきた男はテニス部部長、森内正孝《もりうちまさたか》だ。テニスが上手いだけではなく、クールな外見も備わって、照葉高校でも彼のファンは多い。

「本当に無粋な時に来てくれたものだ」

え？

智明は思わずふてぶてしくそう言い放った甲斐に振り返ってしまう。相手は照葉高校でも人気のある森内部長だ。いや、そういう事実を知らなくても、今の甲斐の態度は年上の人に対する態度ではない。だがそんな失礼な甲斐の態度にも気を悪くした様子もなく、森内は言葉を続けた。

「実は君にぜひともテニス部に入部してもらいたいんだ」

「はっ、なんで俺がそんなアホらしいことにつき合わないといけないんだ」

さすがに今の甲斐の言葉には森内も苦笑した。智明は隣に座る無礼な男を睨《にら》みつけた。

「俺は有意義な高校生活を過ごすためにここに来たんだ。幼稚園児並みのテニスごっこなどする気はないね」

「よ…幼稚園児並みかどうかは、見なければわからないだろ？」

森内部長の顔がだんだんと強張《こわば》っていくのが智明でも見てとれた。この甲斐と森内の会話に、智明は無関係のはずなのにまるで自分が当事者であるかのように緊張して、冷や汗が背筋に流れ出してくる。

「フッ…」

だがその時、智明は隣に座っていた甲斐が小さく笑みを零したのを見逃さなかった。いかにも侮蔑《ぶべつ》しているような感じで甲斐は笑ったのだ。

「あんたの体つきを見ればテニスを見なくても、どれくらいのレベルかなんて、すぐわかるさ。幼稚園児は幼稚園児同士でテニスごっこをすればいいじゃないか」

「！」

さすがの森内部長も気色ばむ。智明の顔色が赤くなったり青くなったりしているのに、当の甲斐は平然として森内に向かい合っていた。彼には心臓に毛が生えているのではなく、毛が生える心臓そのものがないのかもしれない。

「わかったなら、とっとと帰れ」

甲斐は森内をおざなりな態度で追い返す。だが森内は苦笑を浮かべながらなお、食い下がった。

「はは…、君に比べたら確かに我々はひよっこかもしれないが、都下でも強豪校の一つだ。準備運動をするくらいの気持ちでもいいから、いや、遊びでもいいから来てくれないか」

「下手くそは下手くそだ。下手くそはいくら努力しても無駄だ。金もかけられずに、満足に練習もできない下手くそどもの遊びにつき合ってやる義理は俺にはないね」

「甲斐っ」

あまりな失礼な言い方にさすがの智明も声を上げる。だが甲斐は大丈夫だ、とでも言いたげに智明の頭をぽんぽんと叩《たた》いた。そして森内に向かって一言告げた。

「話は終わりだ。帰れ」

その甲斐の容赦ない言い方に、森内は小さく溜息をついた。

「簡単には諦《あきら》め切れないが、今日はこれで失礼するよ。君の考えが変わってくれることを祈ってる」

そう言うと部長は頭を下げ、入ってきたドアから帰っていった。

甲斐はあからさまに不機嫌そうに息を吐くと、荒々しくソファーに深く座り直した。智明はそんな甲斐をきつく睨み上げた。

「甲斐っ！　あんな失礼な言い方ないだろう！　もっと別の言い方もあるだろうにっ！」

「は？」

突然怒りだした智明を甲斐は不思議そうに見つめてくる。なんの話かわからないような表情だ。その態度がますます癪《しゃく》に障る。

「お前は確かに御曹司かもしれない。テニスもプロだから目茶目茶上手い。頭だっていいかもしれない。だけど…だけど、その態度は人間としてどうかと思うぞっ！」

智明は指をびしっと突きつけて甲斐に怒鳴った。甲斐は目を丸くして智明を見つめるばかりだ。

「俺はお前にちょっと憧《あこが》れてたけど、そんな言い方をするようなお前なら、幻滅だ！」

「トモ…」

先ほどの不躾《ぶしつけ》な態度とは打って変わって、甲斐の眉間《みけん》が悲しそうに寄せられる。う…。

そんな表情を見せられると、今度は智明が加害者の気分になってしまう。智明は途端、居《い》心地《ごこち》の悪さを感じて立ち上がった。

「俺、帰る。ごちそうさま」

智明はそう言うと、踵《きびす》を返した。甲斐が智明につられて腰を上げる。だが智明は振り返ることなく応接室から出て行った。智明の姿が消えると、甲斐は力なくソファーに座り込んだ。

しばらくして林が部屋に顔を出す。

「智明様がお帰りになられたようですが、よろしかったのですか？」

「ああ」

甲斐は片手で己の顔を隠していた。しばらくすると甲斐の肩が小刻みに震えだす。

「若…」

林が心配して声をかけると、甲斐の口許《くちもと》から小さな笑い声が漏れた。どうやら甲斐は笑っていたらしい。林は取りあえず胸を撫《な》で下ろす。

「若、どうされましたか？」

林の言葉に甲斐はやっと顔を上げた。その表情は本当に嬉《うれ》しそうだ。

「いや、北村智明…ますます気に入ったな。この俺に対して怒りやがった。媚《こび》を売る人間にはよく会うが、俺を叱《しか》りつける人間なんて、そう滅多にいないぞ」

「さようでございますね。若は優秀でいらっしゃいますので、あまり怒られるということがありませんから…」

林の言葉に甲斐は軽く鼻を鳴らす。そして智明の消えたドアに向かって不敵な笑みを零したのであった。


翌朝、智明は信じられない光景を目にした。担任の「浜《ハマ》っち」が朝のＨ Ｒ《ホームルーム》で黒板の前に立っている。そこまではいつもと一緒だ。だがそこからが違ったのだ。

「えー、皆も知ってると思うが、昨日編入してきた甲斐秀樹君だ。諸事情により、本日からD組より移って、B組の生徒として皆と一緒に勉強することになった」

その言葉に、智明は手にしていたペンを思わず落としそうになる。

「甲斐秀樹です」

甲斐は澄ました顔で挨拶《あいさつ》をした。途端に教室がざわめく。

「静かに。それから本来転校生の面倒は級長が見るものだが、今回は甲斐君たっての願いで、北村、お前に彼の面倒をまかせるぞ。いいな」

「ええっ！」

教室の皆の視線が一斉に智明に注がれる。もちろんその中には甲斐も入っており、嬉しそうに笑みを浮かべている。智明は慌てて立ち上がって浜っちに抗議した。

「どうして俺なんですか？　一方的に言われても困ります」

「個人的な我儘《わがまま》は本来聞かないようにはしているんだが、甲斐君は何しろアメリカ育ち。日本と言うことだけでも大変心細いというのに、慣れない環境で強いストレスを感じているそうだ。だが、北村、お前、昨日甲斐君に優しくしてやったそうじゃないか。甲斐君はそれにひどく癒《いや》されたそうだぞ。まあ、校長とも話し合って、そういう事情なら甲斐君が慣れるまで、北村が面倒を見るのがいいだろうということになったんだ。いいな、北村」

そんな…。

昨日啖呵《たんか》を切って別れたのに、にこやかに会話なぞできるわけがない。智明は昨日の甲斐の態度をまだ許してはいないのだ。

なのに、どこが癒されただって？

智明は甲斐の行動に裏を感じずにはいられなかった。

もしかして、昨日、俺が彼のことを悪く言ったことが許せないのだろうか。それで仕返しを狙《ねら》って俺を追ってきたとか？

智明が戸惑《とまど》っていると甲斐が担任に提案をしだした。

「先生、席も北村君の隣にしてもらってもいいですか？　こっちの勉強の進み具合もわからないし、北村君にいろいろ力になってもらいたいです」

「ああ、そうだな。三山、お前、席を替わってやれ」

「え〜っ！　浜っち、それはないぜ」

智明の隣に座っていた三山が抗議の声を上げる。だが担任は無視し、甲斐を三山の席に促す。三山は仕方なく荷物をまとめ始めた。

思わず智明は近づいてくる甲斐を睨みつけた。どんな仕返しが来ようとも受けて立ってやるつもりだ。

甲斐が隣に来る。

「トモ、よろしく」

そのハンサムな顔を笑顔で飾る。何度見てもいい男だった。

「う…」

甲斐はそのまま智明の返答を待たず、隣の席へ座った。三山がそれを恨めしそうに見ながら後ろの席へと移動していく。

「もしかして昨日のこと、怒ってる?」

甲斐は遠慮がちに小さな声で智明に囁いてきた。

「ごめん、トモ。俺、日本語の語彙《ごい》が足りないんだ。どうも言葉遣いが横柄になってしまう。昨日も俺はテニス部員に対して酷《ひど》い言葉を吐いてしまったようだな…」

甲斐は辛《つら》そうに表情を歪めて智明に話しかけてきた。思わず心が揺れる。甲斐はアメリカ暮らしが長かったのかもしれない。で、日本語の語彙が少し足りなくて、適切な言葉が選べないのかもしれない…と思うとつい情状酌量の域になってしまう。

「いいよ、俺もお前に酷いこと言ったし…」

智明はようやくぽつりと言葉を出すことができた。その言葉に甲斐が嬉しそうに微笑む。

「これからもそうやって注意してくれるか? はっきり注意してくれる人間が今まで俺の周りにはいなかったんだ。トモは俺にとって貴重な存在だ」

「甲斐…」

昨日からのわだかまりが少しずつほぐれていく。

甲斐は本当はいい奴かもしれない。だが環境のせいで少し常識が歪んでしまっただけなのかもしれない。

智明は自分にそう言い聞かせ、甲斐に向かって手を差し延べた。その手を甲斐が握り返す。

「甲斐、よろしくな」

「こちらこそな」

甲斐の瞳《ひとみ》の奥底に、なにやら不穏の影が宿っていたことを、その時、智明はまったく気づいていなかった。


「甲斐、早く。こっち！」

智明は四限目が終わってすぐ売店に走った。朝は朝、昼には昼で外からできたてのパンが売店に運ばれてくるのだ。もちろん、弁当や朝ゲットしたパンをすでに食べてしまった男共はこの昼の時間も戦いに挑むのである。智明もその一人だ。

「甲斐、遅いっ！ったく、俺が絶対、コロッケパン取ってくるから、後から来いよ！」

智明はゆっくりと歩く甲斐に痺《しび》れを切らして、駆けていく。

「若」

その智明の後ろ姿を見つめていると声がかかる。林だ。

「本日のお弁当を持って参りましたが…」

「持って帰れ。トモが俺のために菓子パンを手に入れてくれるそうだからな」

「さようでございますか。まことにお優しいご学友でありますな…」

嬉しそうに呟く林の隣で、甲斐はニヤリと口を歪めながら今度は足早に智明の後を追った。

「おばさん、コロッケパン二個とカレーパン二個とタマゴサンドウィッチと…」

智明は売店に着くなり手隙《てすき》の店員に向かって、授業中から考えていたベストメニューを注文する。

「なんだ、智明、そんなにパン買うのか？」

売店で二人分のパンを買おうとしていた智明に、パンを買い終えた三山が声をかけてきた。

「ああ、甲斐の分も買ってるんだ。あいつ、御曹司だから、こういうの慣れてないみたいだからさ。当分は面倒見ようと思って…」

智明はさっさと会計を済ませ、その場を去ろうとする。だが三山がそれを引き止める。

「あの豪華な弁当はどうしたんだ？」

「今日は頼んでないって言ってた」

その言葉に三山の片眉《かたまゆ》が跳ね上がり、そして意味ありげにふーんと頷いた。

「なんだか、アイツ、怪しいよな」

「怪しいって？　身分を偽ってるってことか？」

　確かに大富豪なんてあまりいないものだ。御曹司と言いながら、実は庶民でした！　の方が一庶民である智明にとっても、友人としては馴染《なじ》みやすい。

「馬鹿か。そうじゃなくって、クラスをわざわざ替えてくるなんて、絶対、変だぞ！　何か裏がある。あいつ、お前に異様に執着しているし…」

「それこそ馬鹿だよ。甲斐はまだ日本の生活に慣れていないんだ。しかも一般の生活にも慣れてない。俺が庶民の常識ってやつを教授してやったから、すっかり信頼しちゃって、頼ってきてるんだ。クラス替えだってきっと何か学校側の理由があったんだろ？　それについては甲斐は被害者なんじゃないか？」

　三山の言葉に呆《あき》れる。三山はこの学校の悪癖に染まりすぎだ。誰もが智明のことを狙っているように見えるらしい。

「だからトモくんは甘いって…耳を貸してみろ」

　そう言って三山が智明の耳に顔を近づけた。が、

「何やってるんだ？」

　不機嫌そうな声と共に三山の頭が後ろからグンと引っ張られる。そこには甲斐が立っていた。

「甲斐、お勧めのコロッケパン、手に入ったぞ」

「ああ、ありがとう。トモ」

今さっきの不機嫌そうな声はどこに行ったのか、甲斐は嬉しそうに答える。

「甲斐、きさまっ！　俺の首がむち打ちになったらどうしてくれるんだっ！」

代わりに不機嫌になったのは三山だった。

「ああ、トモが苛《いじ》められているのかと思ったから慌てて引き離したんだ。申し訳ないな」

本当に悪いと思って言ってんのかっ？　と突っ込みたくなるような甲斐の言い方に、三山は言葉をなくす。

「ったく、甲斐も意外に早とちりなんだな。そうだ、三山、今から甲斐と応接室で飯食うけど、お前も一緒に来ないか？」

甲斐の横柄な態度に気がつかないのか、智明が呑気《のんき》な声で誘ってくる。三山もその誘いに乗ろうとしたが…。三山の視線が智明の後ろに立つ甲斐と一瞬絡み合う。物凄《ものすご》く睨まれていた。

「…俺…やめとくわ。応接室遠いし。また今度誘ってな」

三山はそそくさとその場を後にした。

「なんだ、つまんねえ」

智明がぽつりとぼやくと、後ろから甲斐が遠慮がちに話しだした。

「トモ、その…俺はまだトモ以外の人間には慣れていないんだ。その…昼ご飯はトモと二人で食べたい」

「ったく、何、人見知りしてんだか。アメリカ育ちだろ。アメリカはフレンドリーなんだろ?」

智明が身近で知っているアメリカ人はケンタッキーフライドチキンのおじさんだけだ。おじさんはいつもとてもフレンドリーな笑顔を振り撒《ま》いている。まさにあれが智明のアメリカ人なのだ。ちなみにマクドナルドはピエロなのでアメリカ人とはみなしてない。微妙に拘《こだわ》る智明である。

「こんな俺はトモに嫌われるか?」

智明の言葉に目の前の色男は心もとなげに恐る恐る尋ねてくる。図体ばかりでかくて、実は寂しがり屋で甘えん坊なのかもしれない。

「そんなことで俺は嫌わないよ。ったく」

「そうか」

甲斐は途端に元気になって、智明の手を引っ張って応接室へと連れて行った。

「え? 甲斐、テニス部に入っても都大会とかに出られないの?」

コロッケパンも無事に腹に収まり、三個目のカレーパンを食べている最中に甲斐から意外な言葉を聞いた。

「ああ、俺はプロだから、そういった大会には出場できない」

智明は甲斐が同じ高校に編入してきたことに舞い上がり、そのことをすっかり失念していた。

思わずがっかりする智明である。甲斐がテニスをする姿を生で見られると喜んでいたのだ。

「俺、甲斐のテニスやってる姿、見たかったな…」

「トモは俺のテニスが見たいのか？」

甲斐が智明の落胆ぶりを察知したのか、そんなことを聞いてきた。

「うん…。俺、お前のファンだしな…やっぱり生でプレイを見てみたいよ」

甲斐はその言葉に智明の髪に手を差し込み、くしゃりと摑んだ。これくらいのスキンシップは慣れてきた智明だ。されるがままになる。しばらく甲斐は智明の頭を撫でていると、おもむろに話し出した。

「トモが見たいというなら、今日、うちに来るか？　毎日、家のコートで練習しているんだが、見学するか？」

「え？　いいのか？」

甲斐の申し出に智明は驚く。昨日知り合ったばかりだというのに、プロの練習風景を見せてくれるなんて夢みたいだ。

「ああ、トモの願いならなんでも聞いてやる」

正面でにっこり笑ってそう告げられると、なんだか違うシチュエーションのような錯覚に陥り、智明の顔がボッと熱くなる。そんな真っ赤になった智明の頰に甲斐は軽くキスを落とした。

「ななな…」

何をするっ！

と言いたいが、驚きで声が出ない。だが甲斐は平然として言葉を続ける。

「大事な友達のためだからな」

友達――！

アメリカなら男の友達同士でほっぺにチュウくらいするんだろうかっ？

そう言えば昔、ロシアの政治家が外国の政治家を迎えていた時、抱き合って頰にチュウして歓迎していたのを見たことがあるぞっ。あれかっ？　ロシアもアメリカも一緒かっ？

どぎまぎしている智明とは裏腹に甲斐は嬉しそうに、にこにこして話を進める。

「そうだな…授業後、俺の車で一緒に帰るか」

「あ、俺、今日新聞部なんだ。明日の方がいいかな？」

智明がそう提案すると甲斐はちょっと険しい表情で聞いてくる。

「何時に終わるんだ？」

「え？　六時くらいに終わるけど…」

「部室に迎えに行く」

いきなりきっぱりと宣言される。

「へ？」

「今日、その時間に迎えに行くから、部室で待っててくれ」

その言葉に戸惑う智明をよそに、甲斐はその後終止ご機嫌で昼食を食べたのであった。


「北村君、ちょっといいかい？」

放課後、部室に向かう智明を誰かが呼び止めた。振り返るとテニス部部長の森内だった。

「ほんの二、三分、話をいいかな」

「あ…は、はい」

思わぬ人から呼び止められて緊張が走る。だがその智明の緊張をほぐすかのように森内は優しい笑みを浮かべた。

「忙しいところ申し訳ない。実は他ならぬ甲斐君のことなんだ」

「甲斐？」

「ああ、甲斐君は非常に君を気に入っているそうだね。そこで、ぜひ君からも甲斐君にテニス部に入部するように勧めてくれないか」

森内部長の瞳には並々ならぬ決意が溢《あふ》れていた。どうしても甲斐に入部してもらいたいらしい。

「…でも甲斐、試合とかに出られないんですよね？」

智明のその言葉に森内の苦笑が漏れた。

「確かに。だが甲斐君のプレイを間近に見られることだけで、テニス部員の刺激になり、やる気が一段と出てくると思うんだ」

森内はにっこりと笑った。だが智明の心は晴れなかった。

甲斐にとったら、テニス部に入部するのは大変なのだ。家でも練習をしなければならないのに、部活までやってたら練習に支障をきたすだろうし、それこそ体がもたない。

智明は酷い言葉であったにしろ、甲斐が申し出を断った理由が今ならわかる気がした。

「北村君？」

「僕は甲斐がテニス部に入ることに賛成じゃないんですが…」

勇気を振り絞って森内に言ってみた。だが森内も簡単に引き下がらない。

「そこをなんとか！　もう君だけが頼りなんだ。なんとか頼むよ。返事待ってるから」

森内はそう言うと、智明に答える時間を与える間もなく、手を振って廊下の向こうへ消えていった。彼も今から部活なのだ。智明は彼の後ろ姿を見送ると、大きく溜息をつき、新聞部へと向かった。

「おい、智明帰るぞ」

新聞部の部室でぼうっと座っていた智明に部員から声がかかる。今日に限って、部活が五時に終わってしまったのだ。顧問の竹内《たけうち》先生が五時に終わるようにとなぜか部長に指示したらしい。

「あ、鍵《かぎ》は俺が職員室に持っていくから、先に帰ってて」

智明は帰る部員に手を振って見送った。もう部室には誰もいない。窓の外からは野球部の声が聞こえてくるだけで、静かなものだ。

「なんで、今日に限って、甲斐と約束しちゃったかな〜。腹減った…」

智明の腹が空腹を訴える。仕方なく智明は机に顔を伏せて、空腹に耐えた。しばらくそうやって空腹と戦っていると、ドアが開いた音がした。そのままガチャッという鍵が閉まる音も続く。不審に思って顔を上げると、そこには甲斐が立っていた。

「甲斐、よかった。今日部活が早く終わっちゃって、時間潰すのにどうしようかと思ってたんだ〜」

智明が安堵《あんど》の溜息をつく。

「ああ、新聞部の顧問の竹内に早く終わらせるように言っておいたからな」

「え？」

甲斐の思わぬセリフに智明の動きが止まる。だが甲斐は素早く智明に近寄ると、その顎《あご》を掴み上を向かせた。

「早く二人っきりになりたかったからな」

そう告げる甲斐の瞳にはどこか獰猛《どうもう》な影が潜んでいるように見える。智明の本能がチリリと危険を感じた。思わず話題の転換をはかる。

「か、甲斐っ…今日、森内さんに呼び止められて、甲斐の入部の口添えを頼まれたよ」

「森内ぃ～？　俺の前でよその男の話をするな。トモが言うと我慢できない」

突然甲斐の機嫌が悪くなる。智明は慌ててフォローした。

「あ…でも、俺はもうテニス部に入れなんて言わないから。やっぱり甲斐が言ったことが正しいと思ったから」

「嬉しいことを言ってくれるな…」

目の前の男がニヤリと口許を歪める。下品ではなく、さらに男の色香を増したような笑みにわけもなく智明の心拍数が上がる。だが本能が感じた危険はまったく消えない。大きくなるばかりだ。智明はさらにもう一度、話題の転換をはかった。

「か、甲斐っ…、俺、腹減ったっ！」

今度の言葉には甲斐は不敵に笑みを浮かべ、囁くような声で答えた。

「ああ、今からトモに俺をたんまりと食わせてやるよ」

「え…？」

智明の疑問が脳に到達する前に、男は素早く智明の唇を塞《ふさ》いだ。

「かっ…」

抗議しようと唇が離れた時に上げた声はすぐに甲斐の口へと飲み込まれる。だがキスだけに気を取られているわけにはいかなかった。あっと言う間に智明のシャツを捲《めく》り上げ、甲斐の手が滑り込んできたのだ。

「はっ…」

慌てて椅子《いす》から立ち上がろうとして失敗し、バランスを崩す。だが覚悟していた衝撃は来なかった。甲斐のしっかりとした胸にそのまま取り込まれ、そして床に押し倒されたのだ。

げっ～！

いくらなんでも、もうこれはアメリカ式スキンシップでないことは智明にもわかる。甲斐の胸を思いっきり突っぱねた。だが男の胸はびくともしない。智明はスポーツ選手の鍛えられた体は並ではないことに、気づきたくもない場面で気づかされるハメになる。

「甲斐、やめろっ！」

「トモ…可愛い」

目の前の馬鹿男は智明の必死の抵抗もどこ吹く風だ。うっとりとした表情で可愛いと囁かれても、智明には嬉しくもなんともない。いや、嫌だ。囁くな、馬鹿野郎である。

だがその馬鹿野郎は智明の両手首をいとも簡単に片手で掴み上げると、もう一方の手で自分のネクタイを抜き取り、智明の両手首を縛り上げた。神業的、素早さだ。さらに甲斐の体によって足を押さえ込まれては、智明の四肢はどうにも動かすことができない。恐怖で体が硬直する。だが甲斐は智明がおとなしくなったのをいいことに、智明のズボンを下着もろとも一気に引きずり下ろした。

「やっ…」

智明の口から反射的に抵抗の声が漏れる。だが甲斐は至極満足な様子で笑みを零した。

「やっぱり思った通りだ。トモはどこもかしこも可愛いな…」

とズボンを剝《は》ぎ取られ呟かれたら、名誉毀損《きそん》で訴えるに十分値するというものだ。智明は目の前の甲斐をキッと睨みつけた。

「それに男を誘うのが天才的だ…」

智明の思いとは裏腹に、甲斐は喜びを隠し切れない様子で呟く。そしてそのまま智明の下半身をぱくりと口に含んだ。

「あぁっ…」

今まで感じたこともないような痺れが智明の体を駆け抜けた。ねっとりとした質感が熱を帯びて己の輪郭に合わせて這《は》いずるのをダイレクトに感じ、それだけで達《い》きそうになる。

「甲斐…だめっ…は、なし…てっ」

「もう音を上げるのか？　やっぱりトモは可愛いなぁ。アメリカにいるセックスフレンドたちとは全然違う」

甲斐のセリフに思わず突っ込みたくなるが、そんな余裕はあるはずもなく、智明は甲斐の頭を剝がそうと縛られた手を延ばす。だがその手は甲斐に簡単に押さえつけられてしまう。

「一度、達っておけ。その方が後が楽だ」

「なっ…後って…ああっ」

再び、甲斐が深く智明を咥えた。人に咥えられたことなど皆無な智明にとって、それはまだ未経験であり、壮絶な快楽であった。むろん耐えられるわけもなく、すぐに我慢しきれず己の熱を甲斐の口の中に吐き出した。

「濃いな…」

その言葉に智明は羞恥《しゅうち》の色に染まる。他人の口に出したことはおろか、他人にされたこともないのだ。あまりの恥ずかしさに体が震えてくる。だがその体を愛《いと》しそうに包み込んだのが甲斐だった。

「フェラ、初めてだったのか？　こんなに震えて可哀相《かわいそう》に…。大丈夫だ。トモなら丁寧に一から抱いてやるからな。安心しろ…」

何が安心しろだとっ～！

智明は目の前の鬼畜を見上げた。

どこがどうやったら安心できるんだっ！　このクソッタレがっ！

余計腹が立つばかりだ。表情が険しくなるのを止められない。だが、智明は一つ、とんでもないミスを犯した。今は怒りにかまけていてはいけなかったのだ。逃げるべきだったのだ。だがもうそれに気づいても手遅れだった。甲斐が一層強く体を押さえつける。

「もっとお前を気持ちよくさせてやるからな。それこそ、もう俺なしではいられなくしてやるから…」

ひっ！

智明が心の中で悲鳴を上げていると、甲斐の指が智明の双丘を這い、やがて小さな窪《くぼ》みを軽くノックしてきた。

なになになに～っ！

智明がその行為の意味を把握しかねていると、その指はスルリと智明の体の中に入り込んできたのだ。

「甲斐っ!?」

「大丈夫だ。ちゃんとジェルを使ってるから痛くないだろ？」

甲斐はさりげなく手の平にチューブを乗せて智明に見せてくる。いつの間にそんなものを使ったのだろうか。だがそんなことに感心している場合ではなかった。智明は甲斐をきつく睨み返して、怒鳴った。

「痛いとかそんな問題じゃないっ！　何をするんだっ！」

「セックス」

「……」

思わず思考が停止する。

「大丈夫だ、トモ。俺は女も男も結構ヤってるから得意だ。痛くはしないから大丈夫だ」

この男は何をもって、大丈夫などという言葉を吐くのだろうか。

智明の拳《こぶし》がわなわなと震えてくる。もう恥ずかしさからではない。怒りからだ。

「離せっ！　この変態っ！」

「親友に向かってその言葉はないだろ、トモ」

甲斐は心外だとばかりに不平を言ってくる。

「これ以上何かしたら、学校に言いつけるぞ！」

「え？　そんなに俺たちの仲を学校に公表したいのか？　トモは情熱的だなぁ」

そう言って男は嬉しそうに破顔した。

この男は馬鹿か？

「公表じゃない。お前なんか退学だっ」

「そうなのか？　じゃあ、俺はこの学校を訴えないといけないな。ごっそり寄付金だけ取って退学させるなんて、詐欺行為も甚だしい」

本気で甲斐は怒っているようで、眉間に皺《しわ》を寄せて話す。智明は諦めて違う方法に変える。

「くそっ、お前の両親にも訴えてやるっ」

「親父《おやじ》やお袋はいつ帰ってくるのかわからんな…。俺の両親に報告したいなんて…俺はまだそんなステディな関係になることまで考えてないが…やっぱりトモはエッチはきちんと俺との結婚が決まった後でないと嫌か？」

はい？

智明にはもう甲斐の言葉を理解する気力がなかった。

「大丈夫だ。女と違って妊娠もしないし、婚前交渉があっても、二人だけの秘密にしておけばいい。しかしトモは俺との結婚まで考えていたのか？　純情だなぁ」

何がどうなってそんな思考回路になるのか、一庶民の智明には理解ができなかった。いや、庶民でなくても理解できないかもしれないが。

智明があっけに取られているうちに、甲斐はさくさくと本能に従ってコトを進める。指は気づけば二本に増えていた。

「甲斐っ！」

「トモのいいところはどこだろうな♪」

まるで子供が宝探しでもしているような感じで甲斐ははしゃぐ。しばらく智明を翻弄《ほんろう》させると、ある一箇所に軽く爪《つめ》を立てた。凄《すさ》まじい感覚が智明を襲う。

「はあっ…」

全身から冷や汗が出る。今までに感じたことのない淫猥《いんわい》な痺れが体中を支配する。

「ここだな」

何がそこなのか、わからない。だが甲斐が指を動かしただけで智明が再び精を吐き出したくなるのは事実だった。甲斐は容赦なく指を動かす。左右に激しく指を動かされ、考えたくないところからピチャピチャと淫らな音が聞こえだしていた。もう何本の指がそこを犯しているのか見当がつかない。大きく震えるそこから快楽の波が繰り返し智明を襲ってくる。

「ああ…っ、か、い…っ」

制するためなのか、促すためなのか、智明の口から甲斐の名が飛び出す。甲斐は軽く鼻を鳴らすと、性急に智明の足を肩に担ぎ上げた。はずみで側《そば》にあった部室の椅子がガタッと音を立てる。それでここが校内であることを思い出した。

「やだ…甲斐っ、こんな…ところ…でっ」

羞恥で全身が真っ赤に染まる。だが甲斐はそんな智明にさらに欲情するだけだ。

「…挿《い》れる…ぞ」

濡れた熱い吐息が智明の耳朶《みみたぶ》に直《じか》に触れてくる。途端、熱い塊が体を引き裂くようにして

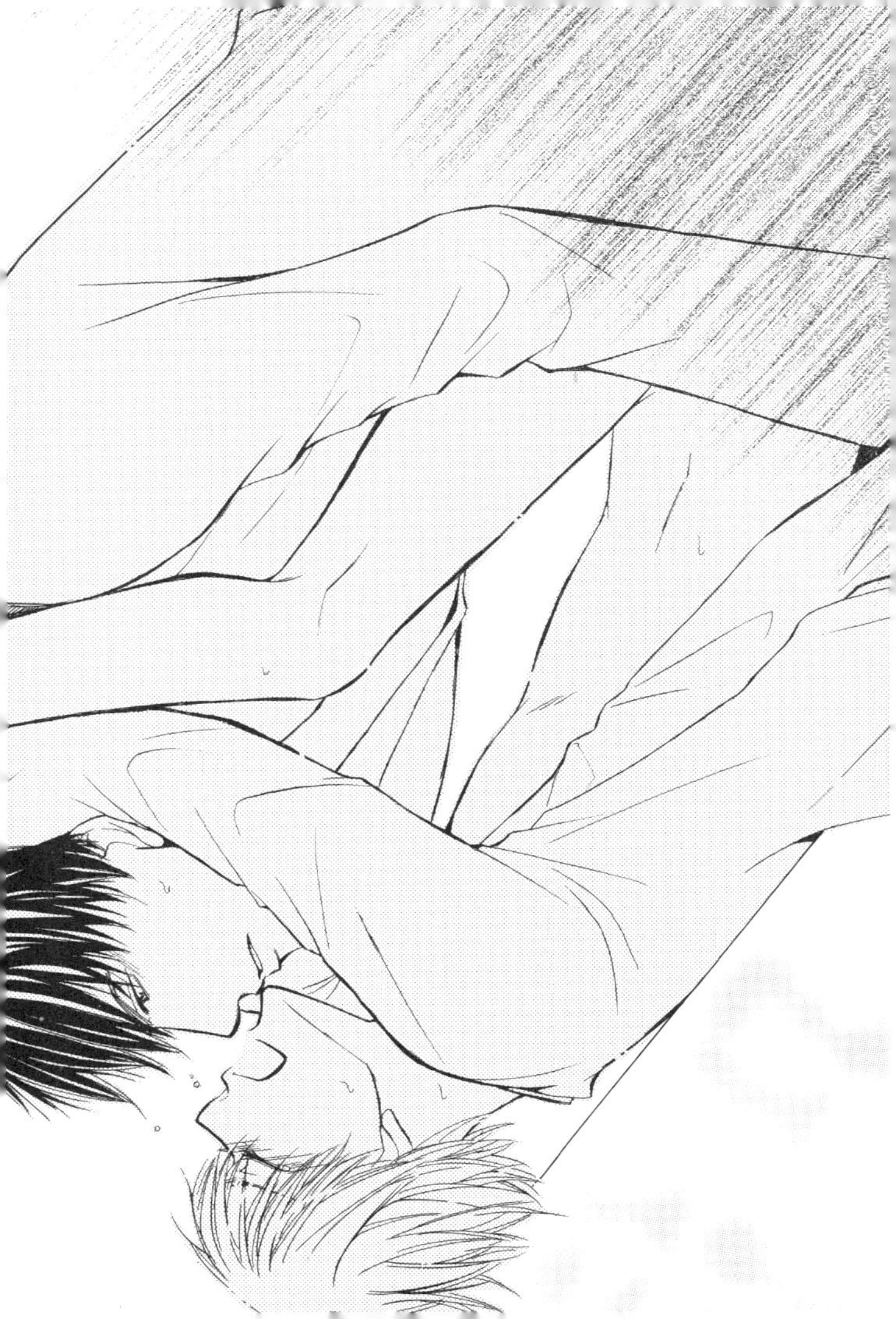

侵入してきた。痛いのか、熱いのか、わけがわからなかった。

「つっ…トモ、力を抜けっ…このままじゃ裂けるぞっ…」

甲斐は萎《な》え始めていた智明の下半身を扱《しご》いた。

「いやっ…あっ」

途端に智明の口から嬌声《きょうせい》が漏れる。それと共に体から力が抜けたらしく、甲斐を奥に咥え込んでしまった。

「いい…。処女は久しぶりだが、トモは素質がなかなかいい…」

智明の目尻《めじり》から零れた涙を優しく掬《すく》ってやる。目元をほんのりと朱に染める智明には凄艶《せいえん》な色気があった。智明の中にあるソレがまた一段と大きくなる。その圧迫感のせいか、智明が「いや…」と無駄な抵抗を口にした。それに対して甲斐は笑みが隠し切れなかった。

「嫌じゃないだろ？　これからもっといろいろ教えてやるからな。早く俺の形を覚えろ」

甲斐の自分勝手な言い分に智明は文句が言いたかったが、大きく揺さぶられて、それは喘《あえ》ぎ声にしかならなかった。痛くて痛くて下半身が痺れてくる。なのにその痺れは酷く甘いのだ。こんな行為で快感を得るはずはないのに、下から上に向かって激しい情欲の疼《うず》きが走る。下半身でさえ快楽だと騙《だま》されてより高く頭を擡《もた》げようとするほどに。

「あ、あ…か、いっ…」

この意味不明の感覚が怖くて目の前の男の首にしがみつく。そのため、さらに男を深く咥え込むことになる。

「ああっ…ん」

「トモ…いいっ…一緒にいこうな」

男の動きが一層激しくなる。智明は振り落とされないようにするのが精一杯で、自分を組み敷く男にすがるしかなかった。甲斐のモノが入口の浅いところまで抜かれる。それを必死で引き止めたくて、智明は甲斐を締めつけた。だが、それを合図のように今度は突然、熱い煮えたぎった情熱が智明の最奥まで犯す。

「ん…っはあ」

体中の快感を総動員しても足りないくらいの悦楽が猛襲する。もう理性を手放すしかなかった。本能が勝手に口走る。

「ああ…か、い…もっと…」

その言葉に攻める男の口許が緩む。

「ああ、もっと与えてやる…。思う存分、俺を味わえ…っ」

言葉にならない歓喜の喘ぎが智明の口から絶えず漏れる。その吐息を甲斐は逃すまいと深く口づけた。そうやって出口を塞がれた智明の情欲はすぐに己の下半身から吐き出されることになる。それと共に体の深いところで熱い飛沫《しぶき》を感じた。もちろん甲斐のものだ。

「トモ…可愛い…」

男の甘い囁きを耳にしながら智明の意識は快楽に甘く締めつけられ、白い闇《やみ》の中に引きずり込まれていった。


どこか遠くで声が聞こえる。

「若、こちらにお預かりします」

智明の体がふわりと浮いた感じがする。

「いや、いい。俺が世話をする。車を回せ」

温かい手が優しく智明を包み込んでくる。それがあまりにも気持ちよくて頬を寄せてみる。すると手がびくっと震えて、小さな驚きを伝えてきた。

気持ちいいのに…。

智明はその手の示した態度に不満を感じながらも深い眠りへ落ちていく。だが落ちる手前でその温かな手がまたそっと撫でてくれるのを感じた。

嬉しい…。

智明がシンプルにそう感じていると吐息交じりの小さな声が耳元に落ちてきた。

「俺はお前に決めた…」

何を決めたんだろう…。

そう思いながら智明はとうとう眠りの深淵《しんえん》へ沈んでいった。

素肌に触れたシーツはほどよく滑らかで気持ちがいい。智明はその心地よさに頬を擦《こす》りつけた。

え？

一瞬、我に返る。自分は今、どこで何をしているのだろう。

「よかった…。さすがに心配したぞ。屋敷まで車で連れてきたが、一度もお前は目を覚まさなかったな…」

蕩《とろ》けるような甘い声で囁いたのはあの鬼畜だ。智明は慌てて背後を振り返った。甲斐は智明を後ろ抱きにして一緒のベッドに横たわっていた。

智明は視界のきく範囲で辺りを見回す。まったく覚えのない場所だ。

「ん？　ああ、ここは俺の家のゲストルームだ。腹でも減ったのか？」

悠長に勘違いな話のベクトルを示してくる男の顔を慌てて見る。

「お、お前っ！　何を勝手に人を自分の家に連れ込んでるんだっ！」

そう叫ぶ智明の口を甲斐はキスで塞ぐ。それを智明は懸命に剝ぎ取った。だが剝ぎ取られた甲斐は不満そうな顔もせず、幸せに満ち溢れた笑顔を見せる。おまけに背後から智明を愛しそうにキュッと抱き締めてきた。

「こうやって学校が終わって、トモを家に呼ぶのが夢だったんだ。ほら、みんな学校帰りに友達の家に寄ったりするだろ。トモとそうなれたら、どんなに楽しいかなって思ってたんだ……」

友達の家に寄って、ゲームで遊んだりしたことはある。だがこうやってベッドで抱き合ったなんてことは一度もないっ！

「この変態野郎っ！　つうっ……」

叫んで起き上がるやいなや、認めがたいところから鈍痛が走る。これもこの変態のせいだ。めらめらと怒りの炎が燃え上がる。

「ああ、トモ。そんなに恥かしがらなくてもいい」

ゆっくりと起き上がった甲斐の体からシーツがずり落ちる。無駄のない計算された筋肉に思わず智明は目のやり場に困る。視線を外したまま会話を続けた。

「恥かしがってなんかない！」

「そうか？」

何を言っても笑顔で返されると、言葉に詰まる。だが智明はさらに食い下がった。

「お前、俺に最初からこんなことしようと思って親切にしてたなんて、よもや言わないだろうなっ！」

「ちゃんと順序は踏んだぞ。まずは応接室でお茶に誘った。それからキスしてセックスしただろ？　それに好きな子に親切にするのは当たり前だ」

甲斐は正当だと言わんばかりに答えを返してきた。

くらっ。

一瞬、眩暈《めまい》に襲われる。甲斐の何かが非常にズレているのを感じずにはいられなかった。

「好きな子って、俺たち男同士だろっ」

「それが？　トモの言いたいことがよくわからないな。好きじゃなくても興が乗ればセックスするんだから、好きだったらセックスするのは当然だろ。男も女も関係ない」

だーっ！

こんな常識外れな男と話していては、智明の苛々《いらいら》は募るばかりだ。

「男と女が普通だろっ？　それにセックスってのは、愛があるからするもんであって、無理やりするもんじゃないっ！」

「トモの考えはちょっと古臭いが、ま、現状はその通りだな。愛し合ってる俺たちなら当然の行為だな」

この男はまたにっこりと笑みを浮かべた。智明の方が気が変になりそうだった。

「誰と誰が愛し合ってるって!?」

「俺とトモ」

しばし沈黙。

智明にとったら睨み合う、甲斐にとったら見つめ合う二人の間に大きな誤解があることは火を見るより明らかだ。

ちょっと待てぇい！

もちろん異議あり、の智明だ。

「人を無理やり強姦《ごうかん》しておいて、愛し合ってるだとぉ？　どこの誰がそんなめでたいことを考えるんだっ！」

「若、お茶のご用意ができました」

「え？」

怒り狂う智明が息継ぎをしたその時、絶妙なタイミングで第三者が入り込んだ。

林だ。ばりばりにブリザードが吹き荒れる中、いきなりぽかぽか陽気を纏《まと》いながら入ってきたのだった。智明があっけに取られていると、林は二人の様子を相変わらず気にする様子もなく、ベッド脇《わき》に銀のティーワゴンを寄せてきた。

「ちょうどイギリスからファーストフラッシュの茶葉が送られてきたところでしたので、智明様のご訪問に間に合ってようございました」

「ふん、それはよかったな」

甲斐は林の言葉に素っ気なく返答する。だが智明は黙ってはいられなかった。

「林さんっ！　こいつ変態だっ！　助けてっ」

とにかくここから逃げ出すためにも第三者の協力が必要だ。智明は紅茶を煎《い》れる林に助けを求めた。だが、林は智明のセリフに眉間に深い皺を刻んだ。

「智明様…若に対してなんていうことを…。若は決してそんな方ではございません。今日も智明様が意識を失われて、それは大層心配されておりました。車でここまで来る間、他の者にも一切おまかせにならず、若自ら、智明様をここまでお運びになったのですよ。感謝されることはあっても罵《ののし》られることなどありません」

「林、もういい。それ以上言うな。下がっていろ」

林は頭を下げ部屋から出て行く。いつまでも黙っている甲斐の様子が変だと、智明が振り返って見ると、甲斐の頬がほんのり赤い。林の言葉に照れていたのだ。

がーっ！　そんなことで照れるかっ！

甲斐の様子に全身が総毛立つ。そんな智明を甲斐はまた抱き締めてくる。

「離せよ」

「トモ？」

甲斐が目を見開いて智明の顔を覗《のぞ》いてくる。

「お前は俺を裏切ったんだ」

「何を言ってるんだ？　トモ」

「お前は俺が嫌だって言ってるのに、無理やり襲ったんだ！　俺が…」

部室で起こった惨事を再び思い浮かべた途端、智明の目から涙が溢れ返った。ショックだったのだ。親友と思った男に強姦されたことが。それにこんな汚い男に自分が憧れていたことにも。そんな様々な感情が一気に溢れ出して涙となって流れ落ちる。

「トモ…どこか痛いのか？　初めてだから手加減したつもりだったが」

目の前の甲斐が普段の態度からがらりと変わってあたふたする。いい気味だ。

「お前なんか大嫌いだっ」

「え？　トモは俺のこと好きだって言ってくれたじゃないか」

甲斐の狼狽がさらに酷くなる。

「友達として好きだった。でも今は友達でもなんでもないっ！　お前なんか最低だっ」

精一杯、力の限り叫んでやる。それに対して甲斐の掠れた声が耳に届いたような気がしたが、その声を無視し、最後にもう一度思いの丈を叫んだ。

「お前なんか、大嫌いだっ！」

涙でぐしゃぐしゃだ。鼻水だって出てる。でも智明はきっちり甲斐の顔を見て言葉を吐いた。甲斐の表情が大きく歪む。甲斐はそのまま何も言わずにしばらく黙っていたが、やがてふらりとベッドから立ち上がった。そしてバランスを崩したかと思うと、すぐに立ち直って、

「すまない…」と智明に告げ、あっさりと部屋から出て行ってしまった。あまりの簡単な結

末に智明の方があっけに取られたくらいだ。もっと何か言ってくると思ったのに、甲斐は何も言わずに出て行ってしまったのだ。

「あ…」

智明の胸のどこかが痛みを発しているような気がしてならなかった。気のせいだと思うのだが、最後の甲斐の酷く傷ついた顔を見て、胸が痛いような気がしたのだ。

「なんだよ…ったく」

智明はベッドの上で顔を伏せて、このわけのわからない感情を抑え込むしか術がなかった。

「林さん、俺、いつ家に帰してもらえるの？　学校だって休んでるんだよ」

あれから数日経《た》っても智明はまだこの屋敷に拉致《らち》されていた。と言っても拉致した本人はあれから一度も智明に顔を見せてない。問われた林は苦笑しながらも、毎回、律儀に智明の質問に答えてくれた。

「もう少し、ここでゆっくりなさってくださいませ。学校の方はこちらできちんと処理しておきますので大丈夫でございます。ご家族にもご連絡しまして、智明様をしばらくお預かりする話で了承を得ておりますので、ご心配いりませんよ」

ここ、甲斐の実家は両親とも不在で、使用人と共に彼一人で住んでいるらしい。上に二人の兄がいるらしいが、二人とも別に居を構えており、ここには月に数回ほど顔を出すだけのようだ。甲斐の意外に寂しい家庭環境を少しずつ知りながらも、誰も智明がこの屋敷で拉致されていることに気づかないことに焦りを感じていた。

でもやはり気になるのはあれから一度も顔を見せない甲斐だ。

「ねえ、林さん、その…甲斐、どうした？」

「はい、お元気でいらっしゃいます。ではのちほどまた」

林は甲斐の話をすると、毎回逃げるようにそそくさと部屋を出て行く。智明は大きく溜息をついた。

屋敷は立派だ。ご飯も美味い。使用人がすべてやってくれて、楽な生活ができる。だが智明が自由にできるのはこの部屋だけだ。部屋には鍵がかかっていて、自由に出入りできない。初めはその豪華さに毎回どきどきしたが、すぐに飽きた。結局、自由に外に出られることがどんなに素晴らしいことかがわかっただけだった。

甲斐も…あいつもこんなふうに感じているのだろうか…。

智明の場合はこの部屋しか自由はないが、大きさが違うだけで甲斐も決められた自由しかないのかもしれない。家庭教師たちに囲まれて暮らしたアメリカの生活というのが、酷く寂しい気がしてならない。智明は天井を振り仰いだ。

「なんで俺があんなのの心配しなきゃいけないんだ…」

そう呟く横からちらちらちらと視界に入るものがある。見ればテラスに人が立っていた。

「ねえ、ここ開けてよ。…っとやべぇ。林さんに見つかった！　ねえ、君、早くっ！」

テラスから話しかけてきたのは女性も顔負けといった感じの美青年だ。智明は促されるままテラスのドアを開けた。

「こんにちは。君がうちの弟を瀕死《ひんし》の重態に追い込んだ子？」

「え？」

大学生だろうか。青年は綺麗な笑みを浮かべて智明の部屋に入り込んだ。

「ああ、ごめん。一度君の顔が見たいと思って、忍び込んだんだけど、林さんに見つかっちゃったよ。もうすぐ飛んでくるね」

と言った矢先にドアを忙《せわ》しくノックされる。智明が返事をしあぐねていると、青年はさっさと返事をした。返事と共に林が入ってくる。

「何を危険なことをされているんですか！　お怪我《けが》でもなさったら大変ですよ。この林の寿命を縮める気ですか？」

「弟の恋人の顔が見たくって、つい、ね」

青年はそう告げると智明に振り返って、

「弟に飽きたら、僕に連絡ちょうだいね」

と軽くウインクをして部屋から去って行った。残るのは智明と大きな溜息をついた林だ。

「智明様、お騒がせして申し訳ありませんでした。何かお飲み物でも持って参りましょうか？」

「林さん…」

智明の鼓動が速くなる。

「はい」

不安で胸が押し潰されそうだった。

「甲斐が瀕死の重態って、何…？」

林の顔が苦く歪んだのを智明は見逃さなかった。

「何隠してんだよ！　あいつのせいで俺は拉致されてんのに、当の本人が現れないってどういうことだよっ！　そういうのって、目茶苦茶頭にくるって知ってる？」

「智明様…」

林の膝がいきなり折れた。そのまま床に崩れ落ちる。

「は、林さん⁉」

「若の最後のご命令かもしれないので、とても口にはできませんでした。ですが…ですが！」

林はいきなり目に涙を溢れさせ、それも構わず智明を見上げてきた。

「智明様！　どうか、どうか若をお救いください！」

智明の服の裾《すそ》を林は強く握り締めてきた。

「若からは絶対、智明様には言うなと、きついお達しがあったのですが、この林、もう黙っていることができません！　このままではあまりにも若がお可哀相で…。若はもうあれから食事も喉を通らず、寝たきりの生活になられてしまいました。あらゆる手立てを尽くしましたが、お医者様も最終的には精神的なものが原因だとおっしゃり、一向に若も回復されません。そればかりか日に日に悪くなる一方で、今は点滴で生かされているというようなご容態になられております」

「なんだよ、それ…」

数日前に見た甲斐からは、とてもそんな病気にかかるような雰囲気はなかった。まさに『鬼畜、今日も元気だ』みたいな感じだったのだ。

「智明様に嫌われたのが原因でございます」

「へ？」

思わぬ回答に智明の思考が一瞬止まる。こっちが真剣に聞いているのに、林もなんてことを言うんだと、責めたくなるような回答だ。

「林さん、もうちょっとマシな言い方あるでしょ」

「いいえ！　若は智明様に嫌われて、もう生きている意味がないと大変落ち込まれておいでなのです」

林が力説する。だが智明にとっては大迷惑な話だ。自分が原因で御曹司が一人死んだと言われては、たまったもんじゃない。しかも相手は天下の甲斐グループだ。マスコミに「御曹司、庶民に大嫌いと言われて死ぬ！」なんて馬鹿なことを書かれた日には、一家で人目を忍んで生活するハメになるかもしれない。恐ろしすぎる。智明は全身全霊で否定した。

「それはありえないっ！　俺の言葉なんてあいつは聞いちゃあいないし、聞いてても勘違いの嵐《あらし》だ！」

「智明様…若はまだ友情というものにお慣れになっていないのです。若にとって友情とは、まったく未知の分野なのでございます。慣れないことに戸惑いを見せながらも、若は健気《けなげ》に智明様に尽くしておいでになりました。それにもかかわらず、大好きな智明様に大嫌いと言われた若の気持ち、この林には痛いほどわかります」

林はとうとう本格的に泣きだした。だが智明もこんなことで折れてはいられない。

「友情って、あんなことするのが、友情かっ？　人を騙して、無理やりその…俺が嫌がることをしたんだぞ。あんなの友情じゃないっ！」

まだ智明は甲斐からあの件に関して、一度も謝罪の言葉を聞いていない。あれが正当だと思われてはとんでもないことだ。林が泣いて謝ってもそれは甲斐からの言葉ではない。

「若は友情と愛情の違いに、まだはっきりと区別がおつきになってないだけでございます。さらに智明様に対しては、一度に友情と愛情をお抱《いだ》きになられたようで、器用に接することができないのでございましょう」

それで許されるのかっ？

さも正当であるかのように話す林の顔を睨み上げる。林は智明の視線を受けて、涙を流しながらも、笑顔で応えてみせた。

「私はあれほど他人に優しく接する若を見たのは初めてでございます。若がどれだけ智明様のことを大切に想《おも》われているのか、この林、見ているだけで胸が潰れる思いでございました。以前も申しましたが、若にはご同年のご学友がおいでになりません。智明様と出会えてどんなにお幸せだったか……」

その言葉に智明の視線が下がる。甲斐の想いはよくわからない。だが学校で一緒にいる時、彼がいつも楽しそうに笑っていたことは知っている。

あんなこと今までなかったのだろうか…。

智明の胸にもやもやしたものが広がる。こんな気持ちに引きずられるのは嫌だった。

「林さん、俺、甲斐に会える？」

その問いに林が不安そうに智明を見つめた。

通された部屋はカーテンが引かれ、薄暗かった。広々とした部屋には大きなベッドが置かれている。さまざまな医療器具に囲まれて、その男は静かに横たわっていた。

「甲斐…」

男からはなんのリアクションもない。ただ土色の顔をして眠っているだけだ。

「林さん、いつからこんな状態に？」

「智明様と喧嘩《けんか》別れなさってからすぐに。智明様に言われたことがよほどショックだったようでございます」

その言葉に智明の眉間に皺が寄る。自分には散々ショッキングなことをしたくせに、大したことない言葉でここまでショックを受ける甲斐に怒りさえ感じる。

「なんで、こんなになるまで俺に何も言わなかったんだ？　テニスは？　プロなら毎日練習しなきゃだめだろっ」

人工呼吸器と点滴の数本のチューブが、否応《いやおう》なしに甲斐が酷く憔悴《しょうすい》していることを物語っている。大嫌いとは言った。だがこんな甲斐を見たいわけではなかった。

「恋患いが起因だとお医者様はおっしゃいました…」

林が智明に向かってポツリと言った。そんな馬鹿らしい理由に智明の胸がきゅっと痛む。

「なんで、変なとこだけ乙女《おとめ》なんだよっ。人にそれ以上のこと散々やっておいて。で、自分だけ病気になるなんて卑怯《ひきょう》だっ！　俺の方こそ瀕死の重傷なのにっ」

くっ、と目頭が熱くなるのを否めなかった。悔しいのか悲しいのか困惑した頭では判別するのは難しい。

その時、チューブで繋《つな》がれていた腕がふわっと動いた。そのまま腕の動きを目で追うと、その手は智明の頬が触れるすぐそこまでやってきた。だが決して智明の頬に触れようとはしない。

「甲斐…」

智明はその手を掴んで、自分の頬に引き寄せた。甲斐の指が一瞬躊躇《ちゅうちょ》して、だがそっと触れてくる。そしてもう一方の手で林に呼吸器を取るように指示をした。林は素早く側に寄ると、甲斐のマスクを外した。大きな溜息と共に力ない言葉が小さく吐かれる。

「トモの頬に触れることができるなんて、いい夢だよな…」

「馬鹿、夢じゃない」

智明のその言葉に甲斐の目が弱々しく見開かれる。そして預けていた手を智明から離そうとした。

「いいよ、これくらい。馬鹿野郎、こんなことで気を遣うなら、もっと早くから気を遣え」

智明がそう呟くと、甲斐の瞳からボロボロと涙が零れ出した。その様子に智明の方が驚く。

「甲斐…」

甲斐は視線を智明からずらすと、消え入るような小さな声で文句を林に言った。

「林、なんで、ここにトモを連れてきた。トモには言うなと言っておいただろう」

ま答えてきた。

「申し訳ありません」

「なんで俺には言っちゃいけないんだ」

甲斐と林のやり取りを聞いて、智明は甲斐に聞き返した。甲斐は相変わらず視線を外したまま答えてきた。

「お前に大嫌いと言われたんだ。こんなみっともない姿を見られたら、もっと嫌われる…」

「馬鹿、馬鹿、馬鹿…馬鹿、大馬鹿野郎っ！」

智明は息が切れるまで馬鹿を連呼した。その言葉に甲斐の顔が辛そうに歪む。林も智明の言葉を止めようとした。だが智明は言葉を続けた。

「俺に嫌われたくないのなら、ちゃんと謝れっ！　自分勝手に暴走しやがって、俺がどれだけ迷惑を被っているか考えてみろっ」

「謝ったら、トモは俺を許してくれるのか？　嫌いなんて言わないか？」

甲斐の言葉に智明は詰まる。謝ったら許されると思われるのも嫌だ。本当は謝ったくらいでは到底許されないことをこの男はしたのだ。

だけど——。

だけど、この男にはそんな一般常識はまだまだ高等レベルなのかもしれない。

そう思うと、今のレベルではここがギリギリのところかもしれないと、智明は諦めざるを得ないのだ。悔しいが。

「謝れ。それできちんと反省しろ。そうしたら今回のことは水に…うっ、くそっ、水に流してやるっ！　だから、早く元気になれっ」

自分の込み上げてくる怒りをなんとか抑え、智明は甲斐に告げた。途端、甲斐の顔には満面の笑顔が浮かんでいた。

思わず智明の胸の鼓動がドキリと力強く鳴る。

「トモ…本当にごめん。急に襲ったりして。本当に反省している…」

男は震える手を智明に差し延べてくる。智明は鼓動の意味を無視して、男の手を握った。

「…それから、俺をここから解放しろ。拉致監禁なんて犯罪だぞ」

智明のその言葉に甲斐の瞳が心もとなげに揺れる。

「俺が知らないところでトモに何かあったら嫌だ。それで助けられなくて後悔するのはもっと嫌だ…。それにトモが本当は俺のことを許してくれなくて、二度と会ってくれないかもしれない。そんなの怖くてトモを解放なんかできるか」

甲斐の言い分に智明は思わず目を見開いた。

本当に子供だ。林の言ったことはあながち嘘《うそ》ではなかったのだ。

こんな鬼畜に保護欲を掻《か》き立てられるとは――！

智明は観念して小さく息を吐いた。そんな些細《ささい》な智明の行為にも、甲斐の表情に不安の色が宿るのがわかる。そんな表情一つでこの男を許せてしまう自分が本当は一番大馬鹿なのかもしれない。智明は意を決した。

結局は見捨てられないのだ。

「お前を無視したり、嫌がったりしないから、俺をここから出せ。お前が元気になって登校してくるのを待っててやるから、早く元気になれ」

「本当…か？」

不安げに聞き返してくる甲斐はとても、あの甲斐と同一人物とは思えないほどいじらしい。

「ああ、男に二言はない」

智明は甲斐の手を握り返してやった。甲斐は本当に嬉しそうに笑った。


智明が学校に復帰して一週間。学校では智明は日本の授業内容に甲斐が慣れるための特別講習に一緒に参加しており、そのために学校の正規授業を休んでいたことになっていた。本当なら許されない理由かもしれないが、甲斐グループの御曹司が「気心の知れた智明と一緒に参加したい」と言うなら許される理由なのだろう。お咎《とが》めは一切なしだった。

そんなある朝、智明は朝から覚えのある微妙な不幸に見舞われ続けていた。

まずは学校に出掛けようとしたら玄関の前を黒猫が横切って、その猫に足を引っかけて転んだ。そしていつもは信号無視をして渡る横断歩道に、今朝も婦警さんが立っていて、睨まれた上に待つハメになった。だがいつもより早く出掛けていたため、電車には間に合った。

ここで微妙な不幸は断ち切ったはずの智明だった。

「あれ？」

おかしいという思いは学校に近づくにつれて募っていたのだが、校門をくぐって、その思いは確信を得た。

誰もいないのである。

生徒も先生も誰もいないのだ。普段この時間なら登校してくる生徒で溢れ返っているはずなのに、誰一人いない。閑散としている。

「あれ？　学校休みだったか～？　そんな話聞いてないけど…」

智明は不思議に思いながらも取りあえず校舎に入る。玄関は開いていた。なら、やはり休みというわけではないはずだ。そのまま教室に入った。案の定、誰もいない。

「マジ、どうなってんの？」

智明が途方に暮れたときだった。大きな音が校庭から響いてきた。思わず音のする方へ視線をやる。なんとそこには今にもテニスコートを潰そうとする重機で溢れ返っていた。

「なになに？」

智明は慌てて窓から身を乗り出す。そこにガラガラッと教室の後ろのドアが開けられる大きな音がした。反射的に智明は振り返った。

「甲斐っ！」

そこには甲斐が立っていた。

「お前、もう体は大丈夫なのか？」

「ああ」

そう甲斐は答えたが、まだ少し頬がこけている感じがする。それが痛々しくて智明の表情が曇った。

「あまり無理するなよ」

智明がそう優しい言葉を投げかけると、甲斐は嬉しそうに智明に抱きついてきた。

「甲斐っ！」

「トモ、会いたかった…」

心底嬉しそうに囁かれて、言いたい文句も言えなくなる。聞き分けができない大型犬を飼ったとでも思えばいくらか気が済むだろうか、などと半ば呆れ気味で智明は思う。

「そうだ、甲斐、あれ。テニスコートをどうするつもりなんだろう」

智明は先ほどから気になっているコートを指差した。

「ああ、あれな。コートを潰すんだ」

甲斐はまるでこの工事を知っていたかのような態度で返答してきた。

「テニス部を廃部にする。俺にとったら邪魔なだけだからな。それにテニスのせいでトモの周りをあの森内がうるさくつきまとうのも許せないしな」

「な、なんだってっ？」

聞き捨てならないセリフに智明の声が上がる。

「ふん、トモだって、嬉しそうに森内の話を俺にしたりするしな。俺がそれを平気だと思うか？　森内がトモの周りをうろついているうちに、お前が心移りするかもしれない。悪い虫は早くから潰すのがいいに決まってる」

甲斐の言い草に智明は気を失いそうになる。

「お前、そんな私情でテニス部を潰してもいいのかっ！　それに俺が心移りするってなんだよ。どこからどこへ移るっていうんだっ！　えっ？」

怒りで震える智明に自己中心男は「わかってるくせに…」などととぼけたことを呟きながら、さらに言葉を続けた。

「それから三山もすぐに退学させてやるからな。俺のトモに馴《な》れ馴《な》れしすぎるんだよ。あいつは」

はい？

思わず智明は甲斐の言葉に耳を疑う。だが、こいつならやりかねないと即時に判断した。

「甲斐っ!!　そんなのは絶対許さないからな。もし、そんなことしてみろ。金輪際、俺はお前を見捨てるからなっ！」

「な、トモッ！」

途端に男の顔が青ざめる。絶対嫌だと言わんばかりに智明の首にしがみついてきた。

「トモは俺のトモだ。他人がベタベタ触るのを我慢して見てろって言うのか？」

「見てろ。さもなくば俺はお前を嫌って、今度こそ相手にしないからな」

冷たく言い放ってやる。みるみるうちに甲斐はしゅんと沈み込んだ。さらに小さな声で「わかった…」と言って、うなだれる。だがしばらくするとおもむろにポケットから携帯を取り出すと電話をし始めた。

「ああ、俺だ。コートは今日中に元に戻しておけ。それから三山のことだが書類偽装はやめにした。ああ…取りあえず保留だ。わかったな」

それだけ言うとそっけなく携帯を切った。そして何かを訴えたそうに上目遣いで智明を見つめ、恐る恐る智明を抱きしめてくる。どうやら彼なりに反省しているらしい。その姿が普段とあまりにギャップがあるので、智明は仕方なくこの馬鹿男の背中をポンポンと叩いてやった。我ながら甘いと思うが、どうしてか智明は甲斐に弱いのだ。案の定、智明のその行為で男の顔にようやく安堵の色が見えた。しょうがないので話題を変えてやる。

「そうだ、甲斐、今日誰もいないんだけど、何か聞いてるか？」

「ん？　今日は休校にさせた」

「へ？」

抱きついてくる男は別に大したことでもなさそうに返答をしてくる。

こいつ…そんな権力も持ってるのか？

思わず頭を抱えたくなるが、取りあえず甲斐を怒鳴るのが先だ。

「聞いてないぞっ、そんな話っ！　休みと知ってたら、もっとゆっくり寝たのに〜っ！」

「ああ、トモには言ってないからな」

「何？」

甲斐の腕を突っぱねながらなんとか作り出した空間で、甲斐の顔を睨み上げる。だが反して甲斐は今にでも蕩けてバターにでもなってしまいそうな甘い微笑みで智明を見つめてくる。

「前回は急にトモを襲って、機嫌を損ねたからな。俺も人がたくさんいると気が焦って、どうしてもコトを急いでしまう。この際、邪魔者はいない方が限るから学校を休みにさせた。これならトモも安心できるだろ？　寄付金を倍に増やしたら、学校側も毎回はだめだが、年に一、二回ならいいと言ってくれたしな」

い…一、二回ならいいのかっ！　学校っ！

思わず肩で息をしてしまう智明である。

「これで、ゆっくりトモを楽しませてやることができる。学生の本分としてはホテルに行くよりは教室の方がずっといいだろ？」

そんな馬鹿なことを恩着せがましく目の前のとんちんかんは言ってくる。いろいろ問いただしたいことはあるが、取りあえずは今の提案に反対の意を示さないと身に危険が及ぶ。智明は思いっきり叫んだ。

「よっくな～いっ!!」

「そうか、なら今度はゴージャスなホテルにしよう。林に手配させる」

はい？

思わず甲斐に聞き返したくなる。だが男はにこにこしながら智明のシャツに手をかけた。

「きっさま～っ！　俺の言ったことをまったく反省してないじゃないかっ！」

「フッ…。大丈夫だ。しっかり反省した。今度からは一回じゃなくて、トモの気が済むまでとことん抱いてやるからな。安心しろ。前回みたいに自分勝手に急にはしないから…」

何をどう勘違いして、こんな答えをこの男が得るのか、まるっきり理解不能だ。御曹司の思考回路を一庶民が悟ろうとするのが間違いの元だったのだろうか。

「トモ、愛してる…今日も俺を熱く迎え入れてくれ」

「ギャ～ッ！」

智明の悲鳴が青空一杯に広がったのは言うまでもなかった。

そしてこの不幸が永遠に続くとは、まだ智明も知らない話だった。

あとがき

はじめまして、こんにちは。ゆりの菜櫻と申します。

シャレード様で初めて書かせていただいたお話を本にしていただいて、本当に嬉しいです。これも応援してくださった方々のお陰です。本当にありがとうございます（感涙）。

さて、拙ホームページでもご紹介しているのですが、この本の主人公、甲斐と智明には恐ろしい（笑）製作秘話がございます。

初めてこのキャラをイラストにしていただくときに、挿絵を担当してくださった鹿谷サナエ様から「タレントにたとえるなら、どんな人？」という質問が参りました。ヤ、ヤバイ…。私、自慢じゃありませんが、タレントにまったく疎いです。結局三日三晩考えた末、出た答えがナント！　べ…ベッカム（大汗）。え、誰が、ですって？　甲斐ですよ（滝汗）。そして智明の方はたまたま道端に貼ってあった「仮面ライダーシヨー」のポスターを見かけて、役者の名前がわからず「仮面ライダーの可愛い人」（オーマイガッ！　汗）と本気で答えてしまいました。さらに「アムール」のアルは「ベニスに死す」の美少年、ビヨルンで！　懲りない私…ああ、ビバ★涙。

でもそんな突っ込みどころ満載の大勘違いな回答でも、鹿谷様はこんな素敵に描き上げてくださいました。ああ、ありがとうございます（涙）。いつも強奪するばかりでスミマセン。悪い盗賊に狙われたと思って諦めてください（え？　笑）。そして、ここまで私を導いてくださったS編集長様、ありがとうございます。毎回いろいろ勉強させてもらってます。S編集長様が先日、何気なく言われた某予言が当たりました。凄いです（汗）。

今回は書き下ろしで「出会い編」を書かせていただきました。甲斐は高校生なので、まだまだ行動が可愛い？　です（笑）。この二人の高校時代、はたまたその先にも多々事件があるのですが、読んでやろうじゃないか！　という豪気な方はぜひ添付のハガキなどを送ってやってくださいませ。私め、狂喜乱舞いたします。

最後に、ここまで読んでくださった貴方と、いつもお世話になってる友人&パオパオちゃんに心からの感謝を！　機会をいただけたことに感謝して、これからもへっぽこなりに頑張っていきたいと思います。それでは、またお会いできれば幸いです。

ゆりの菜櫻

◆初出一覧◆
最凶凶の男(シャレード2003年3月号)
最凶凶のアムール(シャレード2003年11月号)
最凶凶の出会い(書き下ろし)

CHARADE BUNKO

最《さい》凶凶《きょう》の男《おとこ》

[著　者] ゆりの菜《な》櫻《お》

[発行所] 株式会社 二見書房
東京都千代田区神田神保町1—5—10
電話 03(3219)2311[営業]
03(3219)2316[編集]
振替 00170—4—2639

[印　刷] 株式会社堀内印刷所
[製　本] ナショナル製本協同組合

落丁・乱丁本はお取り替えいたします。
定価は、カバーに表示してあります。
© Nao Yurino 2004, Printed in Japan.
ISBN4—576—04102—9
http://www.futami.co.jp

CHARADE BUNKO

スタイリッシュ＆スウィートな男たちの恋満載
ゆりの菜櫻の本

トンデモブルジョア御曹司、パワーアップして再登場！

最~~強~~凶、キレる。
〈最~~強~~凶の男2〉

イラスト＝鹿谷サナエ

弱小出版社ジャパンスポーツは秋の慰安旅行当日を迎えていた。毎週末、生死の境を彷徨うほど激しい甲斐の性欲につき合わされている智明にとって、この旅行は心と体のオアシスになるはず……が、気がつけば甲斐の超豪華自家用ジェットの中、いいように身体を貪られていて――。

Charade新人小説賞原稿募集！

短編部門
400字詰原稿用紙換算
100〜120枚

長編部門
400字詰原稿用紙換算
200〜220枚

募集作品 男の子同士、男性同士の恋愛をテーマにした読み切り作品

応募資格 商業誌デビューされていない方

締　切 毎年3月末日、9月末日の2回　必着（末日が土日祝日の場合はその前の平日。必着日以降の到着分は次回へ回されます）

審査結果発表 Charade9月号（7/29発売）、3月号（1/29発売）誌上
審査結果掲載号の発売日前後、応募者全員に寸評を送付

応募規定 ・400字程度のあらすじと応募用紙※1（原稿の1枚目にクリップなどでとめる）を添付してください　・書式は縦書きで1ページあたり20字×20行か20字×40行　・原稿にはノンブルを打ってください　・受付作業の都合上、一作品につき一つの封筒でご応募ください（原稿の返却はいたしませんのであらかじめコピーを取っておいてください）

受付できない作品 ・編集部が依頼した場合を除く手直し再投稿　・規定外のページ数　・未完作品（シリーズもの等）・他誌との二重投稿作品　・商業誌で発表済みのもの

そのほか 優秀作※2はCharade、シャレード文庫にて掲載、出版する場合があります。その際は小社規定の原稿料、もしくは印税をお支払いします。

※1 応募用紙はCharade本誌（奇数月29日発売）についているものを使用してください。どうしても入手できない場合はお問い合わせください ※2 各賞については本誌をご覧ください

応募はこちらまで　　？お問い合わせ 03-3219-2316

〒101-8405 東京都千代田区神田神保町1-5-10
二見書房 シャレード編集部　新人小説賞（短編・長編）部門 係

Charade&シャレード文庫
イラストレーター募集！

編集部ではCharade、シャレード文庫のイラストレーターを募集しています。掲載、発行予定の作品のイメージに合う方にはイラストを依頼いたします。

締　切

常時募集です。締切は特に設けておりません。

採用通知

採用の方のみご連絡を差し上げます。

お送りいただくもの

・イラスト原稿のコピー（A4サイズ／人物、背景、動きのある構図、ラブシーンなど実力のわかるイラストを５枚以上、同人誌でも可）
※原稿の返却はいたしませんのでコピーをお送りください。
・連絡先を明記した名刺やメモ（PN、本名、住所、電話&FAX番号、メールアドレス、連絡可能時間帯など）※商業誌経験がある場合には仕事歴を記したメモや、そのお仕事のコピーなどがあると尚可。
・返信用封筒は不要です。

応募資格

新人、プロ問いません。

あなたのイラストで
シャレード作品世界の
ビジュアルを表現
してください！

CUT みずの瑚秋

応募はこちらまで

お問い合わせ 03-3219-2316

〒101-8405 東京都千代田区神田神保町1-5-10
二見書房 シャレード編集部　イラスト 係